时间的女儿

八月长安 著

the daughter of time

北京联合出版公司
Beijing United Publishing Co.,Ltd.

目录

图书在版编目（CIP）数据

时间的女儿 / 八月长安著. -- 北京：北京联合出版
公司, 2022.4
ISBN 978-7-5596-5604-9

Ⅰ.①时… Ⅱ.①八… Ⅲ.①散文集—中国—当代
Ⅳ.①I267

中国版本图书馆CIP数据核字(2021)第203177号

时间的女儿

作　　者：八月长安
出 品 人：赵红仕
责任编辑：龚　将

北京联合出版公司出版
（北京市西城区德外大街83号楼9层　100088）
河北鹏润印刷有限公司印刷　新华书店经销
字数：120千字　787毫米×1092毫米　1/32　印张8
2022年4月第1版　2022年4月第1次印刷
ISBN 978-7-5596-5604-9
定价：55.00 元

自序

十五岁

⧖

任何一座土丘，只要离得够近，
都足以遮挡你全部的视线。

2002 年秋天，我刚满十五岁。

下午语文老师拿着一摞批改好的作文走进教室，例行将所有得到"优"的同学的名字念了一遍，却破天荒没有让我们站到讲台前读作文，也没有点评，念完名单便开始上课，让大家把书翻到新的文言文。

琅琅书声中她走到我附近，摸了摸我的头，说："写得不错，不过以后别想这么多了。"

15 岁的我第一次被人评价为"想太多"。

就像是洪水开了闸。"想太多"这三个字之后伴随了我十多年，往往是以劝慰的名目出现。然而如果想太多就是我存在的标志，劝慰等于抹杀。

那一次的作文题目很奇怪：请谈一谈你升入初中以来的感受。

这不是一个规整的应试作文题目，语文老师说，你们就随便写吧。于是那一次的作文我没有选择用张海迪和司马迁这些人物在卷面上列排比句。

那篇作文，我写了另一个女生。

我小学是那种在艺术节舞台上扎着小辫子摇头晃脑主持节目的副大队长，初中前半个学期又保持和小学一样"踊跃发言"的课堂习惯，所以第一次期中考试前，对第一名有点志在必得，身边人也纷纷起哄，最后顺理成章地考砸了。

第一名是一个我以前从没留意过的姑娘，她甚至是我的小学同班同学。就叫她红球鞋好了，因为排名出来之后她走到我座位旁敲了敲桌子朝我轻蔑一笑，而我装作没看见，目光低垂死死盯着她的红色球鞋。

我写过一本叫《你好，旧时光》的小说，女主角余周周曾经表示自己很羡慕《灌篮高手》里的男生们，因为他们敢于大声宣战，不惧输赢。而我们在学校里的青春，罕有这样热血的战斗时刻。

其实不是的。欲望驱使之下，每个人几乎都挑战过他人，也被他人挑战，与《灌篮高手》的区别在于，无论是宣战的一方还是应战的一方，都很少做到光明正大，更不用提磊落地享受胜利与接受失败。

就像我和红球鞋之间持续了三年的战争。

考试算大的战役。我只有第一次输掉了，后来在学年大榜上稳居前三，还回敬给她高傲的一瞥，希望她能意识到，我和她"已经不是一个世界的人了"。

零碎的战斗也有。课堂发言，黑板解题，没有一次不是暗暗较劲；侦查与反侦查也是必要的，我无意走到她桌前，她会轻轻掩上自己精心淘来的练习册的封面——我则变本加厉，觉得自己更"高级和大气"，故意让她看，故意让她买，然后再击败她，滋味不是更甜美吗？

红球鞋也不是好惹的，她有办法击溃我刻意营造的优越感。她会表达对成绩上永远压我一头的学年第一名的赞美；和好姐妹议论我是不是每天吭哧吭哧学到半夜却还是考不过人家；某一门成绩比我高，便高声懊恼自己写错一个字扣了 0.5 分……听得我牙痒痒，几乎忘了自己平时是怎样对待她的。

写到这里我犹豫了一下要不要把上一段改一改，因为这些真的很丢脸。

成年人善于体面地掩饰敌意与好胜心，把它们放在广博的世界中尽情稀释，恐怕早已忘记一个初中生在逼仄的教室里辗转腾挪时，究竟抱着怎样的心情。当时的教育并没试图教过我们如何寻找自我，于是我只好用比较来不断确认自己在世界的坐标——比 A 好一点，比 B 差一点，喏，这就是我。

十五岁的心气，十五岁的眼界，十五岁的虚荣，这就是十五岁时候最真实的我。

战争过半，我终于意识到自己的行为简直有病。语文老师布置了这样一个作文题目，我便将这一切原原本本地写了进去，说："对不起，我是一个变态。"

语文老师摸摸我的头说，你想太多了。

初三的时候，班里来了一个转学生。

那个男生的样子对我而言很模糊，他来去匆匆，总共在班里只待了几个月。

然而红球鞋喜欢上了他。

其实十五岁的我大概同时喜欢着三个男生，或者是四个吧，实在记不清楚了。但我把自己的水性杨花归结为青春期，不必付诸行动，谁知道下个礼拜还喜不喜欢了。福尔摩斯曾经说恋爱和婚姻是智力的阻碍，他不需要这种拖累。我深以为然。爱情是如此地耽误时间，如此地没有结果，如此地缺乏意义。

红球鞋单恋的传闻散播四处，让我很失望——你的对手是我，我还没彻底击败你，你怎么就这样不玩了。

有天我发考试卷，发到转校生桌前，他刚醒来，睡眼惺忪地看向自己少得可怜的分数，懵懂地问："物理满分是多少啊？"

我说："70。"

他说："哦，70 分啊，那你考了多少？"

我说："70。"

转校生说："我 ×，你真牛啊。"

红球鞋听不见我们说什么，但是看见了转校生在朝我笑。我也转过头去看她，我想我的眼神带有一种女生无师自通的得意——你怯怯地不敢接近，我随随便便就能和他说几句话。

我绝对不是想要在这种事上也争个高下。我只是想气她，想让她记起来还有我这么讨人厌的一个对手存在。

我们十五岁，我们初三，我们的学校不是重点初中，我们要考高中了，你能不能清醒一点。

红球鞋黯然转回头去擦黑板了。

后来转校生再次因为打群架而不得不转走。物理课上到一半，家长来接人，他拎起书包离开教室。

半分钟后，红球鞋忽然站起来，手里紧紧攥着一个包装好的礼物盒。物理老师吓了一跳。

红球鞋说："老师，对不起，我要去上厕所。"

老师愣愣地点了点头，也许猜到了什么。红球鞋飞奔起来，转弯时候撞了第一排的桌子。我坐得那么远，都看见她的眼泪滴滴分明地砸下来，都来不及在脸上停留一下。

我想我当时是大脑空白了的。那两分钟我都不知道物理老师讲了什么。她回来的时候已经把眼泪擦干净了，像个兔子一样红着眼睛走进来。

轻轻地看了我一眼。

要我怎么形容这一眼呢？竟然有一些悲悯。就仿佛是，她早就从这场幼稚的战争中毕业了，她懂得了人生很多其他的奥妙，而我还死死攥着一张排名表不放，好像这是全天下顶顶要紧的东西。

深陷于爱里面的人从来不求理解和认同，虽然她只有十五岁。

十五岁的我被十五岁的她，彻底击败了。

后来我曾经有一瞬间的"自杀欲望"，在高考前。

理由比那篇作文还幼稚。对高考有 99% 把握的我，忽然开始担心 1% 的失利会发生，进而觉得自己被他人认同和喜爱的骄傲感都建立在这薄弱的概率之上，越想越深，惶恐又心灰。

高考可能是我们青春时代经历过的最有悲壮史诗意味的大事件了。其实对于漫长的人生路来说，它只是一座小土丘。只不过，任何一座土丘，只要离得够近，都足以遮挡你全部的视线。

大概就是这个不想活了的契机，我第一次回溯自己苍白的少年时代，想起了十五岁的时候，红球鞋用眼神告诉我，你根本不懂人生。

我和各种人较劲，孜孜以求得到他人的认可，寻找世界上属于自己的坐标，却从来没有真正用心去理解过任何人，也没能看清楚所在的世界。

也突然就懂得了，高中课本里的《花未眠》，川端康成为什么"常常不可思议地思考一些微不足道的问题"，为什么要因为发现一朵花很美，于是不由得自语道："要活下去。"

而我一直闭着眼睛往前跑，错过了许多许多花。

后来我当然平稳地度过了那个六月，拥有了七月、八月、九月，乃至新的一年。我渐渐学会了，要睁大眼睛，慢慢地走。

就在前几天，有个读者不知为什么转发了我 2011 年的微博。

狗在打呼，咖啡机在沸腾，音响一遍遍循环着《银魂》的新 OP（片头曲），我泡在浴缸里玩手机。那时候微博还只能发 140 个字，我记录的也不过是一个平平常常不想睡的晚上。

2011 年，我毕业第一年，在上海一家外企做管理培训生，白天上班总是卡着时间点刷卡，晚上回家随便吃几口饭，扫一眼电视里面的民生新闻，抓紧一切时间玩新买的 PS3。游戏都是老板帮忙预装的盗版，唯一打穿的是推理游戏《暴雨》，序章故事讲一个家庭幸福的设计师在商场一时疏忽导致小儿子意外身故——这是我再次看到那条微博之后，回忆起来的 2011 年。

现在是 2017 年春。我二十九岁了。

我拥有了小时候最喜欢却没条件养的牧羊犬，谈了几次恋爱，出版了四本长篇小说，还有很多想写的故事，也还有层出不穷的烦恼；搬家去了海边，常常在夏天的晚上坐在岸边喝啤酒，看海浪周而复始，冲刷掉一些，带来另一些。

我想写一本书，送给三十岁之前的我自己。

在这本书里有我亲眼看到的，他人生命中的闪光时刻；有我用记忆剪辑的人生故事；也有很多矛盾的我自己：水性杨花又深情，刻板又心思活络，拼命想成为某些人"最好的朋友"，也同时在冷漠地拒绝另一些人。

诚实不是一件容易的事。真实的自我就像月光下的海。庞大，安静，想证明给别人看的时候，却只能拍出一团焦糊的黑暗。

但我觉得这一定是有意义的，以我还不成熟的笔力去勾勒人生旅途未眠的花，它们成为过风景，也装饰过我的梦。

2011 年那篇微博的最后两句话是：

"我 23 岁的时候希望自己永远是 23 岁。24 岁的时候，又觉得，24 岁也很好。"

那个读者问：29 岁也很好吧？

当然。

年岁增长，我却依然像青春期爱很多男孩子一样爱着世界的未知，依然无法预测自己明天将会成为谁，遇到谁。

这才最有意思。

八月长安

2017 年春

亲爱的巴赫先生

我学了八年的大提琴，
我爱上它的时候已经太晚。

"亨德尔和巴赫是同一时期的杰出音乐家，常常被放到一起比较。抛开音乐成就不谈，亨德尔开朗健谈，热爱交友，人脉广泛；巴赫则不善社交，严肃内敛得多。然而，亨德尔终身未婚，巴赫几任妻子，一共生了二十个孩子。"

大学时我上过一门课，叫西方音乐史；这是老师讲过的一切知识里，我记得最清楚的一段。

巴赫居然生了二十个孩子？！

一起选修的朋友问我，这些你都早就知道了吧？你学过八年的大提琴。我没好意思摇头。

这是我自己主动选修的课程，却又非常抵触去听课，每一堂都是睡过去的。

我心里隐约清楚是为什么。

2012 年末，我一个人去欧洲旅行，从柏林坐火车南下莱比锡、法兰克福、慕尼黑，然后离开德国去奥地利过新年，在那里乘飞机去了法国。有欧洲旅行经验的好朋友劝过我，原属东德的城市都比较严肃冷清，一个人去更冷清，不如把时间匀给慕尼黑或者巴黎，莱比锡就不要去了。

我说不行啊，不去柏林也要去莱比锡的，必须去的。

"必须"这两个字，七扭八歪地镌刻在一切有关大提琴的记忆上。我迫使自己去上不想上的课，绕道不感兴趣的城市，仿佛这是我和它保持联结的唯一方式。

我住在 Kurt-Schumacher 大街上，不知道是不是以德国政治家库尔特·舒马赫命名的街道。酒店距离中央车站很近，可以步行，只不过德国的街道基本都是面包石方砖铺成的，我跟着行李箱滑轮一起"咯哒咯哒咯哒"了十分钟，脑子都绞成了蛋糊。

还好莱比锡很小，有名的教堂和博物馆几乎都沿着同一条主街道分布，从酒店散步去巴赫博物馆，只需要十五分钟。

博物馆是座庄重的二层小楼，16世纪末的巴洛克建筑，有非常好看的鹅黄色外墙面；它的对面就是巴赫工作过近三十年的托马斯教堂。从一扇不大的门进去，左侧是售票的窗口，很像我们大学教务处的传达室，走廊右侧便通向博物馆。

博物馆出乎意料地小。馆内只有四五个连通的展厅，没有主灯，每个玻璃展柜旁都有暖橙色的小地灯或射灯；每个房间各有主题，我在讲他家庭的那个房间停留得最久，因为记得他有二十个孩子。

后来就站在一个陈设提琴的玻璃柜子前发呆。里面没有现代的大提琴。

博物馆里一直都只有我和一个白发苍苍的老太太，她比我来得早，比我看得认真。

可能因为我站得实在太久了，她走了过来，用口音非常重的英文问我是不是 musician（音乐家）。这一次我非常诚实地摇了头。

我告诉她，我学过八年的大提琴。我学会 Cello 这个词比 apple 还早。

她惊讶而赞许地瞪大眼，蓝色的瞳仁很天真。

"Till now？"

怎么可能呢。我最后一次练琴是十三岁。

最后一次琴课，我走出市歌剧院的大门，爸爸叹口气说，这么好的琴，可惜了。

"不可惜啊，"我开心得不行，"劈了烧柴啊。"

我妈妈开美容院的时候认识了一个来文眉的女士，带着刚上小学四年级的彬彬有礼的儿子。她说："孩子的气质要从小培养，我儿子是学古典乐的，大提琴，知道吧？不要去学二胡，凄凄惨惨的，也不要学古筝啊小提琴钢琴的，学的人太多了，竞争激烈，就学大提琴吧，我认识一个很好的老师。

"而且，现在考高中考大学的，乐器都有加分的，一加加几十分；就算孩子实在不是读书的料，也有一条后路，可以去读艺校，出来接着教学生。"

从修养情操到经济仕途，未来二十年都让这位女士规划完毕了。我五岁，正是热爱翻跟头和玩泥巴的年纪，那个彬彬有礼的大提琴男孩让我妈妈心生向往。

隔了几天我就被妈妈带着去见了李老师。她是个非常漂亮的女人，像圆润版本的赵明明。我上小学那年电视剧《过把瘾》红遍大江南北，李老师就有一头江珊那样浓密的及肩卷发，她问我会不会唱歌。

这都是来的路上我妈嘱咐过的。我点头，开始唱《小燕子》，唱到一半忘词了，连忙说，我再唱一首《世上只有妈妈好》吧。李老师说不用了，我就急了，央求她，让我唱吧。

我怕她不收我做学生。

其实唱第一句她就可以判断出孩子是否五音不全、节奏感如何，但她还是让我重唱了，笑吟吟地听着。

我在她的房间里看到了漂亮的大提琴。人类对于美的感情是共通的，它来自三四百年前的欧洲，但我觉得它美，美得无法形容，比我平时围在身上的纱巾拿在手里的木剑都要美得多。

回去的公交车上我很兴奋。那是个冬天，20世纪90年代初的公交车只有一层薄薄的铁皮，门都关不严。我们坐在最后一排，我呼着白气讲个不停，模仿李老师的样子对着空气"拉琴"，没有理解我妈妈纠结的神情。

依稀记得她和介绍人不好意思地笑，自言自语，学艺术可真贵啊。

她和我爸爸商量学费，犯愁买"儿童用琴"的费用，惊讶于琴弓居然是要单独购买的，暗自揣测老师们会不会在做琴行中间人时借机收回扣……最后还是一咬牙说："难得荟荟喜欢，为了孩子，学！"

但我真的只是觉得它美，想让我妈弄一把给我玩过家家用。

很多年以后，因为工作的关系我认识了一个学习大提琴的少女，当然，她比我优秀得多。聊起共同的学琴经历，女孩坚定地说："大提琴是我的生命。"

真好啊，我想。大提琴差点要了我的命。

没有想到练琴是这么苦的事。

四根琴弦细细的，早期却足以让小孩子的指肚统统肿起来，更不用提后来学习拇指把位，大拇指侧面一个血泡接一个血泡，直到生磨出厚厚的茧；经过很久的练习才能稳定地运弓，不再发出锯木头般的噪音，所以我小学的时候右臂就有结实的肱二头肌了，到今天还保持着清晰的线条。

冬练三九，夏练三伏。夏天更遭罪一些，因为家里没有空调，琴身把位上被汗水浇得滑滑的，我第一次知道原来人的手指头都可以出汗；因为衣服穿得薄，琴身后侧的圆弧就卡在胸口的位置，我那里都磨出了一个狭长月牙形的茧，直到高中才渐渐淡退。

还有一些习惯一直跟随着我。比如指甲长度从不超过指肚的最上沿，因为会敲在指板上。

但最苦的不是这些，是枯燥。

当初李老师拉琴的姿态，或者说是她本人的气质与相貌和提琴发生的化学作用蛊惑了我，但我很快发现，抱着琴的我自己只是一个木匠。新鲜感退潮，我只想扔下它，继续去和小伙伴和泥巴，而不是坐在那里心算，音阶第一遍，音阶第二遍……音阶倒数第五遍……

决定让我学琴的是我妈妈，但每周接送我去上课，平日在家看着我练习的，是我爸。我"恨"他仅次于琴。

上小学后，我们俩每天放学都会重复一段让人发疯的对话。

"留作业了吗？"

"留了。"

"多吗？"

"不多。"——"正好赶紧写完去练琴。"

"多。"——"那也得练琴！"

累不累啊！您都多余问啊！

当然也有愉快的时光。

暑假我八点钟起床，吃完早饭就开始练琴，中午十二点休息，吃个午饭，我爸会带我步行去家附近的租书屋——
这个时候他是好爸爸；我还了前一天的漫画，然后挑选一
本新的带回家，继续练琴直到五点钟，太阳还没落下，我
们会去江边的斯大林公园，那里有个简陋的游乐场；我很
喜欢他们家的蹦床，会把白袜子蹦黑才肯下来，刚好日落，
残阳斜斜地依偎着江对面的太阳岛，最后融化在黑色的林
海中。

　　晚上外婆家里的人都回来了，不方便练琴，我可以在
小房间尽情看漫画。

　　大家还都只知道机器猫（哆啦A梦）的时候，我已
经看完了藤子不二雄的《哆啦A梦》和《宇宙猫》全系列，
后来又读完了超长的《阿拉蕾》与《七龙珠》，为孙悟空
没有娶阿拉蕾而难过。

　　《哆啦A梦》所有的超长篇我都看完了，合上《大
雄与日本诞生》的时候，我突然意识到，我热爱的是画画，
我从小就喜欢画画，爱用连环画讲故事，我为什么没有去
学画画？！

　　我语无伦次地跟我妈剖白内心，我妈说，你以前也喜

欢大提琴，你想一出是一出，你可给我拉倒吧。

当然她也安抚我说，画画什么时候都能学，十五六岁都可以，练琴必须从小时候开始，等你把大提琴学好了，我们就去学画画！

大骗子。

后来租书屋倒闭了。我又把大舅妈的父亲所出版的《血火八年》看完了，上下册分别有《现代汉语词典》那么厚，共计一百六十万字，讲的是抗日战争时期发生在晋察冀根据地的故事。

小学三年级，连这个题材我都啃得下去，还觉得开心，可见练琴究竟有多么恐怖。

我因为练琴的事挨过很多打。

第一次记忆尤深。拆迁后我们在顾乡租住过一段时间，爸妈白天都要工作，就把我自己扔在家里，嘱咐（恐吓）我好好练琴。他们一走，我就展开谱架，将琴谱翻到中间的某一页，摆好椅子，给琴弓上松香，煞有介事地拉两下——这样才会在琴码上面自然地散落松香，像是真的练习过似的。

然后，打开电视。

我那时候每天雷打不动地在电视机前，准时收看——健美操。

一群笑容灿烂的美国人，带领观众跳健美操，每个人都带着浓浓的译制片口音。有一期还在搭建的甲板上跳，布景板是大海和蓝天中一动不动的海鸥，中途一个只穿了运动内衣的女人扮作美人鱼跳过来，领操的男人夸张地说："看啊！美人鱼都来和我们一起跳！观众朋友，你不加入我们吗？"

加入啊！当然加入！我跳得可起劲了。

因为跳得太起劲了，连我爸回来的脚步声都没听到，被当场抓包，揍得我灵魂出窍。他们终于明白，为什么每次李老师都说，这孩子好像没练琴。

这成了我的原罪，我爸妈再也不相信我。每次上课我都要把上一堂学过的曲子演奏给老师听，只要她说我练得不好，回家就轻则挨骂重则挨揍。

我那时候对金钱没概念，是略大一些才想通的。每周六一堂课，一个小时，100元，一个月要400到500元；而1996年黑龙江省的职工人均月工资是390块。我家里不富裕，而我在烧钱玩。

大学我读的是商学院，毕业后有朋友去了香港做trader（交易员），和我抱怨上班时候连口水都不敢喝，每一秒钟都是钱。

我说我懂。我五六岁就懂。我被打怕了。

坐113路到兆麟公园站下车，绕过公园，转入地段街，路过兆麟小学后门，再过两个路口，就到了哈尔滨歌剧院门口。

这是一段"死亡之路"。

其实哈尔滨歌剧院是一座很美的建筑，建于1959年，是独特的木质结构；走廊地面刷着暗红色的油漆，每个老师的办公室都十分宽敞，有一整面欧式风格的窗，木框刷着白漆，已经斑驳掉落，反而更有味道；每一层的举架都非常高，房间内的木地板都是质朴的原色，踩踏时会有笃笃的空响，伴随着隔壁的女高音的花腔，有种逃脱了时空的美。

"地狱"可能也就这么美吧。

有时候到得早，我会坐在旁边的暖气前烘手，看前一个学生上课。她比我年长很多，嘴唇上方有一颗和83版《红楼梦》晴雯一样小巧的痣，已经学了四年琴，却和我一起考二级。李老师纠正错误的时候会直接用铅笔抽打她的手，羞辱意义大于疼痛感，但女孩从不往心里去，倒是她的妈妈红了脸。课程一结束，她就开心地穿上貂皮大衣，跑去四楼和男高音聊天。

我曾经幼稚而好心地提醒她，她妈妈和李老师好像都不希望她去和那些扎辫子的男人聊天，女孩昂扬地一笑，说："你不知道，我认识的都是真正的艺术家。"

等她走了，李老师会转向我，疑惑地问："手还没烤暖？"

永远烤不暖。我的身体为了救我，自动学会了寒冰掌，这样当我拉错音的时候，可以把手放在李老师手心里，真挚地说，是真的冻僵了，真的。

但总体上，我还是一个懂事的小孩。我是李老师最好的几位学生之一，她说我有天生的乐感，一点就透，又肯吃苦（其实是被揍的），细节处理细腻。唯一的遗憾是，我的小拇指略短，没有达到无名指第二节，先天条件不足。

她甚至为了鼓励我学下去，迟迟没有按常规给我涨学费。在我身量长足、可以购买正常的 4/4 成人用琴之后，她托关系弄来了一把古朴的旧大提琴送给我。这把琴音色醇厚，颜色很美，直到现在还挂在我新家的墙上。

当我结束枯燥的锯木头之后，才慢慢理解了学琴的美妙与虚荣。对美的部分一直是懵懂的直觉，而虚荣，才是我刻苦的动力。

小学一年级我可以练习最简单的小品了，比如《农夫之歌》。某天下午我突发奇想，一边拉琴一边给《农夫之歌》即兴填了词，大概就是啊丰收啊喜悦啊农田啊喜悦啊很喜悦啊之类的。一曲完毕，听见鼓掌声，我外公不知道什么时候站在了房门口。

我连续两年考过了中国音协的五级和八级，进了儿少中心的民乐团。民乐是没有合适的低音弦乐器的，所以一大片琵琶、阮、二胡中间，戳着我们几个大提琴和低音提琴。排练时间很长，却没什么难度，还可以借此逃脱练琴，简直绝妙。我因为个子太矮，成了乐团的吉祥物，拖着大大的琴去和他们一起演出《金蛇狂舞》《北京喜讯到边寨》。

每次去江边的排练场，我都可以在沿途买一个烤烧饼吃，焦脆金黄，两面刷着辣酱，撒上一层薄薄的芝麻和白糖，香辣中带着一丝丝甜，不卫生不健康，却那么好吃。

我以为乐团全都是这么好玩的地方。

这种认识持续到小学五年级，我加入了中学生乐团——它的名字叫中学生乐团，小学生也是可以进的。

选拔很严格。这种严格一方面是出于乐团本身的水平和名气：每年的"哈尔滨之夏"音乐会，中学生乐团都是非常重要的演出嘉宾，我们统一穿着白衬衫和黑裙子上台，俨然一片小艺术家。另一方面，则是出于乐团隶属的背景所能带给团员们的优厚待遇：全市最好的两所初中分别开设了艺术特长班，在择校竞争日益激烈的90年代末，这是一条闪着金光的捷径：初中生在乐团"服役"满三年，中考时可以加五分。

用家长们的话说，"五分能甩掉多少人呢！"

这些优厚的条件是乐团曾经招揽人才、走向兴盛的源头。兴盛过后，便成了隐患——为了择校和加分，什么样水平的学生都能找到门路加入，家长们各显神通；巅峰时刻，第一小提琴组至少挤了二十四个人，大提琴坐了八排，远超三管乐团的编制。

一次排练《轻骑兵序曲》，中间一段颇有难度的小提琴合奏总是乱套，指挥老爷爷抓到两个连弦都对不准却还拉得尽兴的第二小提琴手，气得摔了指挥棒。

乐团的负责人没有办法继续装聋，痛定思痛说，得考试。

弦乐考的就是《轻骑兵序曲》的选段。

大提琴的首席是比我大四岁的姐姐，已经在这个乐团很多年，读的就是重点校的艺术班，再忍耐一年便可以拿中考加分资格了。我刚来不久，空降大提琴副首席，她看我从来没有顺眼过。

因为她琴拉得巨烂。

这次考核让她如临大敌，通身无处发泄的怒火和焦虑，让她开始欺负我。

每个周日下午排练结束时，都是大厅最混乱的时候，我们集体拥向仓库去归还公用琴。不知道究竟是哪个缺心眼做的设计，一整面的架子，居然是小提琴摆在下排，大提琴摆在上排。

我发育晚，小学不长个儿，五年级的个子比琴也高不了多少。

首席从背后拍拍我，说："你帮我们几个看一下琴，我们去个厕所就回来。"

于是我乖乖地站在那里等，怀里一左一右各抱着一把，脚边还躺着三把。等了很久，看到窗外，她们几个背着包，笑嘻嘻地，手挽手走出了院子。她们都是一个班的同学。

大厅都走空了。我气得发抖，踩在椅子上，颤巍巍地将五把大提琴放回了架子。

考试的时候，首席从小房间脸色苍白地走出来，我目不斜视地走进去，演奏表现几乎是报复性地好。

我足足欣赏了两个星期首席的仓皇。其实我知道赢不了她的。结果公布，全场的座次，一个都没有变，大提琴还是挤了八排，第一小提琴还是二十四个人。

团长怎么可能把收过的礼都吐出来？我以为这个道理首席早就能够想通的。

我俩之间的龃龉并没获得太多的关注，因为焦点永远都在第一小提琴身上。

就算对交响乐再无知的观众也知道，小提琴坐第一排最外面那个人，演出结束时是可以站起来和指挥拥抱的，全乐团再无别人有这个殊荣。

而第一小提琴的副首席比首席出色得多，这是被当众验证过的。副首席漂亮地完成 solo（独奏），首席只会嘿嘿一笑吐舌头。

她们之前都被团长表面的严肃唬住了，此刻劫后余生，高兴地在休息时宣布要请大家吃冰激凌。我坐在原地喝酸奶，无悲无喜的状态让指挥误以为我还只是年纪小不懂事；但小提琴副首席也坐在原地，她擦眼镜，眼镜布却盖在眼睛上。

这种时候怎么能哭呢，我心想，硬憋也要憋住啊。

大厅乱得像水开锅了。指挥坐在小台子上，看上去只是一个普普通通的、有点窝囊的老头。

他突然对我们说，你们俩把那一段，重新拉一遍吧。

我们合奏。他坐着给我们指挥。

结束后，指挥拥抱了一下副首席。她哭得更厉害了。

我那时候已经在学巴赫的大提琴无伴奏组曲了。我曾经为了考级，苦练过很多奏鸣曲和协奏曲，技术上都比巴赫要难，但巴赫是第一次让我在练琴的时候想哭。

它是那么美，庄重、平衡、和谐。它不想被我们演奏。

我学了几年的琴，才终于发现音乐在虚荣、攀比、争气和烧钱之外，最单纯的美。

我学琴的动机注定了与它无缘。我爸妈和介绍人想要的是"好气质"和"有退路"，乐团的孩子们追求的是升学和加分，我们向古典乐要未来，向艺术要功名，向美要意义。

美是无意义的。

小学毕业前我面临一个重大的抉择。

李老师的另外两位高徒在初中的时候分别考入了两所著名的音乐附中，脱产备考，背井离乡。

　　两位师兄师姐比我大很多，在民乐团带过我，放假回家时特意找我爸妈聊，知无不言言无不尽。要准备好至少十几万，提前去拜考官为师，既是为了突击也是为了"意思意思"，不管你琴拉得多好，这道程序总归是要走的；爸妈要做好两地分居一两年的准备，总要有一个家长去全程陪护……

　　最重要的是，"千万想好了。这是一条不归路"。

　　我爸妈愁肠百结。本以为多年学琴已经是下血本了，只为换一条四通八达的路，没想到更大的坑在前面。

　　小学毕业的夏天，我顺利地考完了十级，得了一个招摇撞骗的比赛的全国金奖。

　　那个夏天，省里也办了一场大提琴比赛，虽然是省级赛事，其实含金量比我之前得到的奖项都高，最重要的是熟人多——省里但凡有头有脸的老师，手里但凡有能拿得出手的学生，都送来参赛了。

　　李老师让我在巴赫无伴奏组曲的序曲和《节日的天山》

中间选一首参赛。我选了《节日的天山》。老师很赞同。

《节日的天山》是国内作曲家创作的，有新疆色彩，结合大提琴的音色，旋律很奔放热烈，有趣又好听，难度高又炫技，双八度、拨弦、轮指、连跳弓、连顿弓……杂耍似的。

但我的理由其实只是，我不想演奏巴赫。

比赛现场我遇到了一个老熟人。她的老师来自省内的大提琴世家，远比我的老师吃得开，各种比赛和表演机会手到擒来，任何圈子都需要人脉，乐器也不例外。但这个女孩身上没有任何名师弟子的骄矜之气，刻苦得惊人，甚至到了有些用力过猛的地步：音准、运弓利落，技术极好，极自卑。

我们的老师会面就像两只斗鸡，我们关系却很好。比赛前她偷偷和我说，如果这次她能得第一名，她妈妈就会奖励她肯德基的汉堡。

她演奏了巴赫的无伴奏组曲。

她得了第一名，我得了第二名。我觉得很好。

奖励汉堡比别的好。巴赫在托马斯教堂排练唱诗班，也是为了混口饭。

我帮我的爸妈做了决定。十级也考完了，到此为止吧，中学生乐团也不去了，择校的事就算了吧，我可不想和首席做校友，反正哪条路都是不归路，普通初中也能好好念书的。

后来断断续续又学了一年琴，李老师也不怎么收我钱。我不记得究竟是哪一天上了最后一堂课，也不记得自己哭了没。离开前在歌剧院一楼的收发室窗口注销学员证，老爷爷给小本本盖上作废的钢印，和我说："你刚来的时候，还是一个小不点儿哪。"

我走出大门。左手边是友谊路，矗立着儿童医院。我最害怕学琴的时候，走到歌剧院门口都不想停步，恨不得径直冲到儿童医院里面去住院。

那些岁月一转眼就不见了。再一转眼，我拇指和胸口的茧子也退不见了。

我十几年没有碰过琴。中途只有一次，高一合唱比赛，我和其他人一起带了乐器去给班级伴奏，还没上台，弦就崩了。

它也不想被我碰。

2011 年，我终于辞了职，去杭州学画画。

那里有中国美院，周边开满高考美术集训班。我妈妈没说错，真的有很多人可以用一两年的时间速成绘画，水平甚至足够考大学。

画室里我和一群 1994 年出生的小孩挤在一起，因为他们喜欢公放音乐，我因此耳熟了"QQ 音乐三巨头"许嵩、徐良、汪苏泷的全部热门歌曲。晚上睡不着，我就一个人在河边散步看星星，对着手机里的谷歌星图，认认真真定位和学习了所有星座。

后来我止步于球体。老师比我大两三岁左右，曾经骑着小电驴带我去买画具，最后又骑着电驴把我送到高铁站。

"别学了，你不是这块料，"他说，"我也不是骗钱的人。"

他说我没才华。

我三岁开始涂鸦，巅峰水平是十二岁，画的水冰月（自以为）跟原版一模一样，并把这个巅峰水平一直保持到了二十四岁。小时候我的愿望是拥有一间大房子，用途是，在里面装满白白的整齐的画图纸。

我的愿望里从来没有过大提琴。我只想把它劈成柴。

然而却想起六七岁的时候，我在家里拉着《农夫之歌》，高高兴兴地唱着自己填的词。西晒余晖洒在外公身上，他笑眯眯地夸我真有才华。

我现在闭上眼睛还能看见他。

2012年的最后几天，我终于去了巴赫博物馆。

天是阴的。东德城市的天总是阴的。老奶奶和我一起走出博物馆，散步到托马斯教堂外面。那里竖立着一个高大的巴赫铜像。

我把相机交给她，她拍下了我和巴赫的合照。

照片里我笑得很开心，非常符合游客的特征，身体靠着铜像底座，还有一只腿是翘着的；六首无伴奏组曲，我只练过第一首，后来的这些年断断续续终于听全了，更是游客中的佼佼者了。

我整个童年都给了它，到最后也只是一个游客。

去年的冬天，编辑和摄影师朋友一起到海边给我拍新书的宣传片。我不善于面对镜头，拍了两天都还是很僵硬，连走路姿势都不对。

后来摄影师说："你不是学过大提琴吗，怎么不带来？"

于是我把它从墙上取下来。指板已经微微开裂了，常用把位因为多年的摩擦，黑漆褪去，露出一道一道的底色来。四根琴弦都废了，旋钮都不敢用力拧，生怕它断掉。

就是个道具嘛，我想，当年没劈了它，不错了。

我换好衣服，坐在镜头前。摄影师让我随便演奏点什么，反正现场不收音，没调弦也无所谓的。

他忙着找角度，我编辑忙着玩手机，没人注意到，当我多年后拉响第一声琴音，要咬紧牙关才控制着没有哭出来。

多年不练习，我的手已经僵了，指法却全部都记得，每一个小节，每一次停顿。我竟然都记得。

摄影师赞赏地说："欸，琴真有用，你一下子就自然了。"

它当然有用。

它带着我失去的一部分灵魂，回到了我的身体里。

原来我一直都爱它。它是我的负担，我的苦难，我急于甩脱的噩梦；却也给了我骄傲，给了我快乐，给了我窘迫又俗气的童年原本不可能得到的美与希望。

我爱它。我学了八年的大提琴，我爱上它的时候已经太晚。

当年，在离开博物馆前，我看到门口提供纸卡，让游客给巴赫留言。老奶奶鼓励我拿一张。

明知自己和他毫无关系，我依然在题头端端正正地写："亲爱的巴赫先生"。

亲爱的巴赫先生：

2017年的新年，我重新开始练琴了。

后
他
们
长
大
了

📷

人类对权力的向往与生俱来，
我们只看到权力等于自由。

你一定知道不止一个小童星，和你一起长大。

他们可能出现在彩色荧屏上，扮演着小天使、小仙子、女主角的小时候、男主角的儿子；也可能出现在你的生活中，是你三舅妈的同学的宝贝儿子，或者隔壁班的主持艺术节的长头发小公主。

无论如何，她一定经常被提起，被记得，被羡慕也被讨厌。

比如小叶子。

我的家中至今躺着一本神奇的书，可以称它为工具书，因为里面的散文诗和朗诵词被按照节气与庆典的类型划分。有教师节专用园丁献礼，元旦晚会专用辞旧贺文，当然少不了少先队大会和共青团颂歌，通篇陈词滥调和无逻辑的排比蓄势，但是极容易被改编重组，是所有为中队会愁白头发的班主任和小班干们的圣经。

这本书的编委会是我市共青团委的一群女老师，而把它翻烂背熟的，就是十几年前的小叶子和我。

小学毕业的时候，收废品的老头子来学校里面收集杂物，我把这本书从垃圾堆里拣出来，对小叶子说："扔了多可惜。"

小叶子说："那你自己留着吧，我不觉得哪里可惜。"

我相信我没有记错一个音节，然而她讲这话时的语气和神态却在我脑海中变幻莫测了起来。她说话时候是真的有那么一丝与年龄不符的沧桑，还是我写小说写多了，一厢情愿地给记忆中的画面加了一套沧桑的滤镜？

如果说人生如戏，只是抻长了，在时间的长河里有一搭没一搭地演着，那么我们总是需要几句台词来提醒自己，这儿是高潮，这儿是结局，这儿该落幕了——对，就是这儿。

关于小叶子的这场戏，落幕的那句话就是，"我不觉得哪里可惜"。

我小学在六班。全年级一共六个班，前五个都是按片区就近入学，只有我们六班是议价生班，传言说，六班家长非富即贵。

我家的状况却是反例，两边都不占，但必须承认，为了我上学的事，爸妈结结实实花了一笔钱。

我们六班是有资格编入校史的。

第一任班主任在我们二年级就折腾出了一本《二年级六班小红花日记集锦》，自费出版赚到了好名声；三年级带领我们班在全市小学生中队会大赛中杀出重围，得到特等奖，一举升任隔壁校副校长。

第二任班主任是刚毕业的新老师，人有点笨笨的，又爱虚张声势，接手之后颇有些适应不良。被她骂过的学生背地里攒下一盒粉笔，掰成小块分给许多人，盘算着趁她转身在黑板写字的时候好好让她领教一番。有个老实的女生告密，"起义"被提前"扑杀"，但新老师还是哭哭啼啼跑出教室，说什么也不教了。

第三任班主任是个有经验的中年女教师，吸取了上一任的教训，开场便是下马威，把学生治得服服帖帖。她比第一任年长，却屈居人下，因此憋着一股劲儿要把六班开发到底，毕业前终于获得了全市公开课大赛的特等奖，自此外调，平步青云。

孩子也不过就是"道具"，公开课上每一个问题都有了固定的回答者，我们在老师安排下停课排练，熟悉每一个步骤，做错的小孩会被训斥和孤立，没人觉得这么做有何不妥。

还记得隔壁班的老班主任曾在办公室里酸溜溜地对几个小班干说："你们也就嘚瑟这几年吧，上了初中开始拼学习成绩，你们就该后悔了，被大人当枪使，净折腾些没用的。"

那位老教师说完就斜了小叶子一眼，好像她的存在就是一种论据。

教育系统自然也有"潜规则"，当年班主任们的"教学成绩"受到肯定，多半是上级领导的猫腻。然而凡事都有一个由头，历任班主任再怎么心比天高，若摊上一个呆傻的班级，升迁的事情恐怕难以服众。

　　六班自然不呆傻。我们有小叶子。

　　她是一切的源头。

　　当我还在地上和稀泥玩的时候，小叶子已经开始学习朗诵与主持，穿着小裙子，梳着齐刘海童花头，外形可爱，仪态大方。她每个礼拜出入电视台三次，和导播间里所有的工作人员行礼问好，与一位大姐姐搭档主持，共同录制我们地方台每周二晚上播出的儿童节目。

　　小叶子是她的艺名，因为热播动画片《聪明的一休》里，一休白白嫩嫩的"小女友"就叫这个名字，而她们有着相似的样貌，一样的发型。小学一年级入学第一天，我们都仰着脖子紧盯着神明般的班主任，希望得到她的注意，而她早已认识了小叶子。

　　或许班主任自打那时就盘算起来了。

　　她指着小叶子，说："以后老师走进教室，你就喊'起立''敬礼'。"又看着我们，说："大家都要听她的。"

一开始班里的同学们对她的畏惧多于崇拜。作为管理队伍的班长，小叶子受到了班主任的不恰当指导，面对有小动作的同学，她的直接反应是"啪"地打在对方胳膊或头上，呵斥道："太没有纪律了！"

站在队尾的家长们颇有微词，脾气火暴的几乎要冲过来护短。

小叶子也是有点慌张的，但还是挺直了腰杆——老师吩咐的，她不会错。

但是到了她大放异彩的场合，那些质疑声统统变成了喝彩。小叶子世面见得广，一年级时就足以稳重地和六年级大哥哥姐姐一起主持升旗仪式，时常被大队辅导员叫走去参加一些公开活动，"神秘地"消失好几节课。

真让人羡慕。

一年级末尾，我们集体加入少先队，小叶子在大会堂里带领大家宣誓，站在高高的台上唯一的一束追光里。台下黑压压的观众席站着面目模糊的我们，一句句地跟着她念宣誓词，当她最后说到"宣誓人×××（小叶子的本名）"

时，我们本应念出自己的名字，可我身边的好几个女生，异口同声地把小叶子的名字念出来了。

我当时还转头笑其中一个女孩，说："你怎么连这个都跟着读了。"

女生瞥了我一眼，转头说："我要真是她还好了呢！"

我们都想成为她。

我内心有这种向往，表面上却装着不在意。当我的父母问起，我还会提起班里爱拍马屁的文艺委员，说那个谁见了小叶子比见了她妈都高兴。我爸妈大笑不止。

尽管崇拜者众多，小叶子的生活里却只有跟班，没有同伴。她是一个从四五岁就开始和省里著名的笑星一同出席饭局的孩子，会社交不会玩耍，甚至不太知道如何与同龄的小姐妹们交流——摇头晃脑嗲声嗲气是大人眼里的天真，别的孩子不吃这一套的。

在老师的"多番暗示"下，我爸妈也送了礼，自此我从一个默默无闻的小同学升任了卫生员，主抓班级的眼保健操工作。这也算一种特权，虽然我无法像小叶子一样公然在上课时间随着大队辅导员消失，至少在大家都闭眼睛做操的几分钟里，我可以威严地站在讲台上看着他们。

只是想要做不一样的人。人类对权力的向往与生俱来，我们只看到权力等于自由。

然而我一直回避的一件事是，文艺委员她们对小叶子的模仿仅仅止步于宣誓时喊出她的名字，而我，差一点就真的成为了第二个小叶子。

但是我失败了。

因为我爸妈送的礼比较可心，二年级时老师随手把我塞进了一次讲故事比赛的候选队伍里。我倒也算争气，全校选送了十几个人，我是唯一一个进入复赛的小孩，原因恐怕是小叶子有事临时弃权。

我懵懵懂懂地进了大会场，懵懵懂懂地被化妆师涂抹成鬼样子，两个甜美的小辫子扎得太紧，扯得头皮都痛。当我也站在追光里，烤得浑身冒冷汗却什么也看不见时，所有背下来的串词都在脑海中碎成一片，我才发现小叶子的生活有多么可怕。

她真的很不容易。

那次大赛我得了一等奖，论分数是一等奖最后一名，幸好奖杯上不会写得这么详细，拿回学校也依旧光荣得很。因为这个奖项我升任了学习委员，也在随后开展的中队会，被老师点名和小叶子搭档，一起做主持人。

噩梦这才真正来临。站在她身边比独自站在追光里还难受。

我认为那些小童星讲话抑扬顿挫做作得可笑，轮到自己，却连可笑都做不到，简直可耻。大队辅导员和班主任都懒得照顾小孩的面子，常常当着全班的面让我把一段串联词背上许多许多遍，发现毫无起色，就扔下一句"扶不上台面的玩意儿"了事。

主动请辞，又被批评为"矫情，这么好的机会大家都抢着要，你是不是有病"。

中午一个人沮丧地伏在桌面上，来安慰我的人竟然是小叶子。我们即使搭档也没说过几句话，她却在那时拉着我去学校僻静的地方，让我闭上眼睛重新背诵串联词。

"你闭着眼睛的时候自然多了。睁开眼睛重来，谁都不要看，就当他们不存在。"

不知道是不是她闯荡江湖的心得。小孩子的话朴实又无趣，可我一直牢牢记得，就当他们不存在。

我并没有因为这句话而顿悟，主持功力依旧堪忧，却也在一场又一场的排练和比赛中进步了起来。随着年级的增长，学校里也找不出几个能和小叶子搭档的人，于是大型艺术节、少先队队庆这些活动就都选择了我，矬子里拔大个儿，最后倒也有模有样。

终于我也成了可以在上课时候自由离开的学生，却发现这件事情没有想象的那么好玩，因为别人放学回家了之后，你也不能走。大队部办公室，根本就是"监牢"。

小叶子很开心多了我这么一个"狱友"。经过一段时间的相处，我发现小叶子是一个非常谦和友善的小孩，没有架子，骨子里甚至有些习惯性讨好。

当然，她也有很多属于成年人的机灵和眼色。

第一任班主任明明是升迁，却和我们解释说"不知为什么"自己突然被大领导调走。三年级的孩子本能觉得大领导是大坏蛋，要把这么好的老师从我们身边夺走，于是哭得像是要给谁办丧事，整个班泪水涟涟，一哭一上午，直到把校长都哭了过来，无论和我们怎么解释，孩子们都听不进去。

我一腔热血，又是第一任班主任器重的学习委员，每次冬季课间跑步，她都允许我和她一起在队伍最后面散步聊天，这在我心中是极大的器重与特权，我想我必须为她做点什么。

是小叶子拉住了我。她说："你别被当枪使。"

这六个字在我心里属于爸爸妈妈才能讲的、很高深的话了。我犹豫的时候，文艺委员站起来了，一呼百应，正在最激昂的时刻，校长一拍桌子，把我们骂了个狗血喷头，文艺委员被揪到办公室好一通训斥。

小叶子救了我一命。我问她怎么看出来的，她说她注意到，我们哭成这样，班主任很高兴；听说班主任去别的学校是升迁做副校长的，人往高处走，再怎么哭，班主任也不会留在我们身边的。

长大后我可以轻易讲这件事归结为班主任得便宜卖乖，临升迁前还要做场戏来彰显自己的威望。但那时候，看出这一切的小叶子，还不到十岁。

我们也共同经历过很多好玩的事。

刮着大风的春天，操场上举办校园艺术节，我和小叶子搭档报幕。中间有个节目，最后两个字我们都不认识。大队辅导员和朱校长都不知道去了哪儿，我慌了，小叶子把节目单塞给我，说："你先顶住！"

我几乎要哭出来，看着她冲回教学楼，心里想的是，也太没义气了吧？

半分钟后她子弹一样冲出来，怀里抱着厚厚的《新华字典》，笑嘻嘻地拉着我查生字，一边翻页一边自我检讨："明明应该时刻放在身边的，不能因为是学校的小活动就松懈，是我太不专业了。"

那两个字是"蛤蜊"，念作 g é l í。我们拍拍胸脯，松了一口气，小叶子把这个得之不易的机会让给我，于是我笑容满面地上台报幕："请欣赏二年 × 班的集体舞，《快乐的小蛤蜊》！"

没有人上台。被点到的班级站在我们背后，一脸懵懂，我们俩也一脸懵懂地看到每个小孩都穿着连体舞蹈服，背着一对儿泡沫做的大贝壳。

大队辅导员冲过来，哭笑不得："你们报的什么玩意儿！那是嘎啦！快乐的小嘎啦！给我上去重报！"

我被臭骂了一顿，哭丧着脸重新报幕，下台后小叶子安慰我："东北话就这么不标准，太不专业了，央视就不会这样，不是你的错！"

我很早就知道，央视是小叶子的梦想。

我的"小叶子模仿秀"止步在了四年级。

我们六班在各种大赛中崭露头角之后，我作为小叶子的陪衬，也被一些人注意到了。我在获奖中队会中讲了一个盲人孩子的故事，被推荐给了"上面的人"，于是省里电视台的希望工程晚会，我被安排在倒数第二个出场。

副校长拍着我的头说："好好表现，倒数第二个啊，这叫压轴！"

这是我第一次脱离小叶子，单独出现在大型表演中。

编导走过来审视地看看我，嘱咐："这孩子有点老气，待会儿记得表现得活泼可爱点，有点童真。"

我被编导的话打击蒙了。我九岁，我为什么没有童真？

于是我被工作人员拉去重新扎了两个特别不适合我气质的羊角辫，穿着白底红边的小裙子，脸上还画了两大坨腮红。编导再次巡视过来，在副校长殷切的目光注视下，我试着蹦了蹦，摇头晃脑地微笑，喉咙里努力发出一种堪称恐怖的"银铃般的笑声"。

编导满意地点点头，走了。

那台晚会周六播出。我们一家三口坐在电视机前，虔诚地拨到省台，将一台花团锦簇的无聊晚会看到了最后。

是的，最后。

几个主持人在舞台上热热闹闹地说着结束语，我爸疑惑地轻声念叨了一句"咋没有呢"，被我妈狠狠地瞪回了消音状态。

我的节目被剪了。

我难堪得无以复加，眼泪都在眼圈里转。

不只是这一件事。小叶子的省三好学生称号已经拿到手软了，我还在申请市三好学生的名额。这些申请要求我模仿他人的口吻来给自己写几千字的赞美文章作为申报资料，我觉得丢脸，但是一想到未来的虚荣，还是硬着头皮往上冲了。

这也算学校荣誉，不容我退缩。

我被老师再次推荐给了共青团委的一位女老师，获得了独自主持大型文艺汇报演出的机会，为履历表增光添彩。

可我恐怕是得失心太重了，再次搞砸，不止一处报幕失误。女老师冷眼瞧着我，说："衣服不对，发型不对，走路时候步子迈得太大，眼神犹疑，临场反应差，这孩子不行。"

哦对了，这位女老师，就是那本中队会"圣经"的编写者之一。

"市三好"自然也落空了。

后来全校下发"市三好"复选的候选人名单，让大家随意投票，我在班里头都抬不起来。是小叶子跑来安慰我，真诚地告诉我，这个圈子很难进，进去了也没意思。

"我自己还不是很想突破省里的圈子，去中央台拍节目，拍电视，当全国十佳？可是很难。"

这一番安慰，旁人怎么听都是在炫耀。我同桌在她走了之后撇撇嘴对我说："显摆个屁。"

曾经我也是酸葡萄中的一颗，可那一刻我明白的，从我二年级站到追光里的那一刻开始，我就理解小叶子了。她的每一句话，都是肺腑之言。

童星只有三条路：要么家里使劲用钱和权力铺路；要么天资聪颖长相漂亮；要么就身世凄惨离奇，方便树立典型。

小叶子是第二种。她家境极为普通，父母一心扑在孩子的"事业"上，却给不了她多少助力。她能仰赖的，只有自己的可爱。

但是她也有长大的一天。

第三任班主任要走的是公开课之路，小叶子的主持和朗诵都派不上用场；她开始发育，失去了小孩子的天真娇小，电视台更换了主持人。

小叶子失势了。

曾经的殊荣开始反噬。孩子们的记忆力好得惊人，在老师的放任之下，民间悄然兴起对小叶子的"清算"。

她一年级管队伍乱打人；她新年的时候因为没时间参加联欢晚会，居然找人像发作业本一样集体派发贺卡，表面是老好人，实际上就是不尊重同学；她以前有无数的报纸和杂志采访，写着"即使常年缺课，期末考试时小叶子依旧是全班第一"，简直是吹牛皮不上税，不要脸……

小叶子本就没有朋友，所以没人为她站台。

我本质上是一个懦夫，同情她，但没有勇气站出来对抗集体。甚至有时候我会庆幸，没有这方面天分的自己，童星之路起步晚，断得又干脆，否则下一个就是我。

我唯一为她做过的事情，大概就是春游时全班手拉手围成大圈做游戏，她站在圈子中间，想要加入进来，可没有人肯松手给她让一个缺口，就一直让她那样尴尬孤单地杵在众人的目光里。我主动松了手，说："到我这里来吧。"

只有这一件。想来无比内疚。

小升初的时候，她凭借曾经的荣耀进入了我市最好的初中，不过大家津津乐道的却是半学期过后她跟不上进度，主动转校去了一个差一点的学校。

自此我失去了小叶子的消息，小学同学几乎没人知道她的去向，我也无法给这个故事添加一个伤仲永或者励志奋起的结局。人们如此喜欢探究童星的现状，好奇中总归有那么一丁丁幸灾乐祸的期盼。

然而童年是无罪的，它被榨取，过后却要承受成年人都未必能处理好的坠落。

2015 年我以小说作者的身份，又一次走进电视台录节目。

对台本的时候，工作人员和我说："你的定位是个非常细腻的作家，一个小小的动作都能写几百字出来，然后，主持人会做动作，邀请你现场描述。"

我很想打断她，告诉她，一个简单的动作啰唆几百字，不叫细腻，叫骗稿费。

但我和小时候一样，一进电视台就没了脾气，被造型师摆弄成了自己不喜欢的样子也连个屁都不敢放，心里的不舒服统统强行压下，候场时候，只能木然盯着化妆室的镜子。

我突然想起，三年级的那台把我剪了个干净的文艺晚会，最后在出字幕的时候，有一个伴着音乐谢幕的环节。所有参加演出的人纷纷上台，领导们也一字排开，和演员们握手。

我爸突然大喝："在那儿！"

我站在最边上，刚好躲过了高大抢镜的一排领导，也躲过了飞速流淌的字幕，在角落抓住一切机会，露出"童真而活泼"的狰狞笑容，脸都僵了，而我爸妈似乎因此相信这个世道对自己的女儿还是有所交代的，几乎喜极而泣。

周一上学的时候，我遇到了副校长。躲无可躲，只能迎上去。

我觉得我给学校丢脸了。

没想到他高兴地拍着我的头，不错不错，故事讲得很好！

我抬头盯着他，愣了片刻，乖巧点头。

十九年了，我还是很想问，副校长，你根本没有看对不对？

我想到这里笑起来，化妆间的镜子中，是一张童真不再的浓妆笑脸。

我突然强烈地思念起小叶子，思念和她并肩看窗外三四点钟，附近居民区的鸽子成片掠过，带来鸽哨的嗡嗡声，清澈悠远。

我们坐在大队部的牢笼里，看着鸽子飞在湛蓝的天空。

在她挤满了看客的辉煌童年里，学会的最重要的道理，是"就当他们不存在"。

这也是她教给过我的，最最宝贵的一件事。

我
亲
爱
的
陌
生
人

我们是姐妹，我们没话说。

我有一个表姐，到目前为止的人生里，我只见过她三次。

　　第一次见到她的时候，我大约五岁。

　　大舅和舅妈是工农兵大学生，读医科，刚结婚就被一同分配去西藏做援藏医生，而这个姐姐，就是在拉萨出生的。她大我七岁，皮肤黑黑的，脸上有两团因日晒而生成的高原红，说起和爸爸妈妈回家乡探亲这件事，会将它称为"回内地"。

可她一点都不土，土的是我。姐姐也和我一起住在我外婆家，我会好奇地溜进她的房间去偷偷翻阅她的东西。五岁的我还没有坐过飞机，她的桌子上有一个餐盒，是从飞机上带下来的。我端详着保鲜膜里面的小蛋糕和榨菜，不知道为什么，同样的蛋糕和涪陵榨菜，一旦被放在那个白色的塑料盒子里，就变得特别地……圣洁。

我盯了一会儿飞机餐，嘴馋了，又知道不应该偷吃，所以就转开视线，在打开的行李箱表面看到了一个漂亮的硬壳笔记本。我识字比较早，她的日记写得也简洁明了，阅读随手翻到的那一页完全没有障碍。

"赵毅，我不像别的女生一样缠着你，是因为不想看到你不学好。我对你冷冰冰，只是因为我喜欢你。"

这种情感对我的年纪来说实在太超标了，然而越是令人费解的事情就越会被我记住。我仔细地揣摩每一句话，却不明白为什么喜欢一个人就要对他冷言冷语。

还有，什么是喜欢呢？

姐姐推门进来的时候看到我拿着那个日记本，整个人都呆住了。

几个小时前我躲在大人背后对她说了一句"姐姐好"，几个小时后我拿着她的笔记本，对她说的第二句话是：

"赵毅是谁？"

姐姐本来想要尖叫的，顾及还在客厅的舅舅，硬生生憋住了，走过来抢走日记本，低下头严肃地盯着我的眼睛说："不管你看到了什么，不可以告诉任何人。这是我们的秘密。记住了吗？"

我懵懂地点头，她满意地捏捏我的脸，随手拿起桌上的飞机餐盒，说："这个给你吃。"

我眉开眼笑，去他的赵毅，我姐姐最好了。

后来我一边吃着飞机餐，一边回忆在姐姐的行李箱中看到的东西——好像有那么多新奇的小玩意儿。在我心里她是带着美味圣洁的食物从天上降落的仙女，还拥有一些似乎非常难懂又高级的秘密，简直是……简直是……

我默默地品味着干巴巴的小蛋糕，一直没找到一个合适的词形容姐姐。就这样激动地吃完最后一口时，我变成了这个陌生姐姐的脑残粉。

不知道是不是担心我透露她的秘密，自打那天之后，姐姐对我出奇友好，时刻陪着我玩。她教会我折从高空落下时会自动旋转的纸蜻蜓，听我絮叨自己那点不足挂齿的小烦恼，给我看她带回来的奇奇怪怪的书。

她翻开书，问："你是什么血型？血液有不同种类，你知道你是哪种吗？"

我摇头。她便苦着脸对着那本书查找，半晌才抬起头，说，你自己选吧。

A 型血的美丽瞬间：微微一笑地点头说"你好"；

B 型血的美丽瞬间：俏皮地眨眼一笑说声"嗨"；

O 型血的美丽瞬间：自信地一笑说"交给我"；

AB 型血的美丽瞬间：神秘地一笑说"你猜"。

我思考了很久很久，说："我想当 B 型血。"

姐姐也郑重地点头，说："好，今天起你就是 B 型血了。"

除了读书，她每天也陪我玩我那堆大小不一却同样丑陋的娃娃。她给大棕熊起名叫绒绒，小白熊起名叫小雪。她主导的过家家并非每天另起炉灶，而是一部漫长的连续剧——我们今天让绒绒和小雪扮演自己的父辈母辈，令他们结仇；明天再让绒绒和小雪相识，相爱；后天让绒绒和小雪得知彼此是世仇，让他们痛苦纠结……我从没这样玩过过家家，每天醒来都急吼吼地想要知道，今天绒绒和小雪又怎么了。

端午我们一起去踏青，她紧紧牵着我，给我买气球，一路给我讲雪山的样子，告诉我方便面袋子在西藏会鼓起来，甚至会爆炸；我问她："为什么绒绒和小雪要那么苦，明天他们是不是就能在一起？"她却摸摸我的脑袋说："这样才有意思呀！"

我十二岁的姐姐，觉得波折横生的人世，才算有意思。

她只待了十几天，在我的记忆中却很漫长。直到最后一天，绒绒和小雪的故事也没有演完，我可怜巴巴地望着她，她却忙着收行李，和家里其他亲戚道别，到底也没告诉我结局是什么。

姐姐离开后我消沉了很长一段时间，但还好，我深信我们还会见面的，毕竟我们是血亲，她亲口说我是她最喜爱的小妹妹。而且我知道了自己是 B 型血，双子座。姐姐当初拿着那本书对照着说，六月出生的人是双子，古灵精怪，特别聪明，伶牙俐齿的。

于是我此后变本加厉地嘴贱，生怕活得不像双子座。

上了小学以后，我是我们班级第一批知道星座的，第一批捧着脸忧伤地说"谁让我是双子座"的，却也是最后一个知道原来星座是按照阳历生日划分的，我当初报给姐姐的是闰六月，可我是八月的。

原来我竟然是狮子座。这让我往后可怎么活？

我从连飞机餐都没见过的小破孩成长为引领风潮的大队委员，我有太多太多消息想要告诉姐姐，也有太多太多话想问她。

然而再次见到她时，我已经初二了。八年过去，她上了大专，再次回来探亲却满是波折。

舅舅舅妈先行回到家乡，我们都在等待姐姐放寒假后直接飞回来过年。一天晚上，舅妈在北京的家人打来电话，说姐姐的确已经到达北京准备转机，可是飞来的还有另一个人。

舅舅和舅妈当场脸色就变了。

这时我才知道，姐姐成了与传统相对抗的"坏女孩"，文身、吸烟、逃课、打架，甚至和古惑仔谈恋爱。她就读的学校在陕西，终于独自一人脱离了拉萨市委家属区的严密监控，整个人都自由了。

这个将被带回来的男孩就是古惑仔，身无分文，玩乐队，不知道还有没有其他在长辈眼中惊世骇俗的特征。一夜电话密谈之后，姐姐最终还是孤身一人出现在了家门口，却一直冷着脸。

那张冷冰冰的脸打退了我所有亲近的念头。明明有那么多话想要问，却都憋成了腼腆的笑。那些想要跟她分享的我的新生活，以另一种方式被她知晓了。舅妈恨铁不成钢时，居然驴唇不对马嘴地拿我这个半大孩子来举例，说："荟荟期末考了第一名，你看看你，你像什么样子。"

姐姐扭头看了我一眼，笑了一下。我不知道这个笑容是代表轻蔑、鼓励还是毫不在意。我局促不安，却谨记大人说话小孩不能插嘴，只能用眼神告诉姐姐，我一样喜欢她，我没有她好，我永远是她的脑残粉。

我想姐姐没有看懂吧。她根本就没有看我。

那一次全家团聚，我终于明白我离这个姐姐有多远。她和其他几个年纪相仿的兄弟姐妹一起聊"911"的解散，聊 Take that（接招合唱团）最喜欢的歌，推荐他们去几个非常有趣的网络聊天室，讨论《大话西游》，说白晶晶和紫霞谁才更值得爱……

所有关乎"我能走进这个人的世界"的想法，都是错觉。一切理解不过是因为对方给了你理解的资格与机会。我万分难过，却只能在饭桌上乖乖扒饭。绒绒和小雪的一切疑问都那么难以启齿。本来就已经因为幼稚而被排斥了，我不想给自己雪上加霜。

但至少星座话题还是经久不衰。我找到机会，怯怯地跟她说："姐姐，我发现我不是双子座的。我是狮子座。"

姐姐的眼神从"你在说啥"渐渐转变成"那又怎样"，彻底冻住了我的一脸僵笑。

尴尬了几分钟之后，我忽然大脑短路一般伸出手去摸了摸她的手腕——那上面有几道很浅的伤痕。姐姐迅速拉低袖口盖住了，再次露出了我熟悉的笑容，也就是在我问出"赵毅是谁"之后的那种求我不要声张的、讨好的笑容。

"疼吗？"我问。

她摇摇头，说："小孩子别瞎问。"

我已经十三岁，是她第一次见到我时候的年纪。我已经懂得为什么越喜欢一个人越要冷冰冰，也知道那一道道的伤口是什么。但我已经没办法让她了解到我的成长了。

成长这件事不是用来向谁邀功的。我默默告诉自己。这个道理当时看似高端大气，现在想来，也不过是赌气。

何况姐姐压根没发现我的赌气。

她毕业，回到拉萨做公务员，听说结婚了，又听说离婚了。关于绒绒和小雪的故事渐渐被我抛诸脑后，我也有自己的人生要过。我也会对小孩子不耐烦，也迷上了上网，有了自己喜欢的歌手，有了喜欢的"赵毅"，有了秘密。

许多许多秘密。

第三次见面时我大学一年级，她二十六岁，文身已经全部洗掉。我终于踏入西藏，看了雪山，游了圣湖。她和舅妈一同陪伴我们这些亲戚，话不多却很周到，眉眼间没有了桀骜不驯的气息。我的爸爸妈妈都说姐姐她长大了。

那个世界也愈加走不进。而我赌气多年成了习惯，再见到大姐姐，已经不复当年的神奇。

那次西藏之旅很精彩，雪山林海，美景沿途，高原反应剧烈，最后还遇到了连环大车祸。只有姐姐的眉眼神态，淡得像水墨背景。我终于在最后一次见到她时，不再小心观察她的喜好与表情，不再患得患失，不再表现自己，也不再好奇于她是否发现我长大了。

距离上次见面又过去了许多年。她患了抑郁症，辞了职，在家休养。这似乎没什么奇怪的。我的姐姐从小见多识广，古灵精怪，有太丰富的精神世界，太骄傲太不驯服，安平乐足的生活与她无缘。

当我对满心不解的妈妈说出自己的看法时，妈妈很奇怪地问："你跟你姐私下有联络吗？你怎么知道她在想什么？"

我也不知道我想得对不对，也许都是我一厢情愿的臆测。

然而我始终记得，在西藏游玩时，其他人都下车去照相，只剩下我和她一同坐在车里，沉默的空气很尴尬。

我忽然觉得难过。她本是我最亲的大姐姐，我们血脉相连，可实际上，我们是陌生人。我们是一对见面时要亲切拥抱、问候彼此近况，实际上却对对方毫无了解、连笑都笑不自然的陌生人。

说来好笑。我那时已经是二十岁的大人了，却还是小里小气的。可谁让她是我五岁的神。即使现在知道她不是，余威尚在。

就在我终于鼓起勇气主动开口问她是否还记得绒绒和小雪时，别的亲属拉开车门上来了。话题戛然而止。

我只听到她轻轻地笑，说："你还记得？"

这一句之后是永远的沉默。

我们是姐妹，我们没话说。

爸妈总说我们这一代的独生子女，对兄弟姐妹之间的骨肉亲情总是看得特别淡。可是又能如何呢？就像我，从未与这位表姐一同成长，每次见面，她都从天上降临，带着一身巨大的谜团和变化，我跟不上，也无法靠近。

她可能永远都不会知道她对我有多重要吧。我们是如此不善于表达感情，如此笃信血缘可以跨越一切。

善于表达又怎样呢？热情何尝不是对他人生活的一种侵犯和僭越。

如果我第四次见到她，我想我一定会鼓起勇气邀请她喝一场酒。没话说也没关系，只需要醉一场，告诉她，当年那个只会玩娃娃的小妹妹可以喝酒，可以聊天，真的长大了。

真的长大了。我现在早已明白，不管是爱情、亲情还是友情，只要喜欢一个人，就永远不要冷冰冰。

岁月的童话

这些回忆，细细碎碎，
像一地蹦跳的珍珠，
线已经断得不成样子，
每一颗却仍然熠熠生辉。

1.

大学毕业之后我才机缘巧合认识了一个高中校友 H。但其实，很久前我就听说过他的名字了。

最早是因为打架。提前一个多星期就开始造势约架，我们重点高中不常有这样的盛事，大家翘首期盼。

也有不希望他们打起来的。我是从一个女孩子口中第一次听到他的名字，语气焦灼，好像下一秒就要哭出来了。刀剑无眼，半大孩子下手没轻没重的，谁知道真打起来会发生什么。小姐妹们围着女孩子劝慰，帮她想办法，绞尽脑汁，不断重复着"你别急你别急"。

每个人的脸都皱起来，像搓成一堆的小核桃，苦恼得很真挚。

略微打听了一下，不出所料，这场战斗是因为另一个美丽的女生——但H和对方都不是人家的男朋友，只是因为看彼此不顺眼。

一两天后，焦虑女生的脸上重现平静，我却有些失望——嚷嚷这么久，说不打就不打了，重点高中的男生真没劲。

哪像我们初中，凳子横梁都是可以随时卸下来的，随时会有男同学拍拍你的肩膀说："我们要码人干架了，借根脚蹬子，你抬下屁股。"

H做过两件很浪漫的事。

第一件是在漂亮姑娘生日当天，晚自习结束后，放烟花。结果，姑娘那天没上晚自习，没看见。

第二件是圣诞节，他决定给漂亮姑娘"种"一棵圣诞树，就在她家楼下。

H打听好了买树苗的地方。我们高中的新校区在当年属于城郊，临近各种"屯子"，买树苗的地方比我们学校还远。零下二十度的天，H翘了课，花很多钱雇了一辆出租车，带着一个兄弟去买树。

树有点大。塑料布包着树根，整棵打横放进车后座，头尾还分别从两侧窗子伸出来一截——为了让出租车师傅息怒，又加了一笔小费。

只剩下副驾驶座可以坐，H转身对兄弟说："对不住了啊！"就把他扔在了树林里了。

运到漂亮姑娘家楼下，还有另一批兄弟拿着铁锹、彩灯、电池板在等他。他们还知道要脸面，每个人都戴着口罩，在绿化带中选定了姑娘窗台所对着的最佳位置，数九寒天，用力铲下第一锹！

没铲下去。

冻土。

我想这足以证明了H是个家里挺有钱的小孩，上的小学应该也是不错的重点校，不会像我们小学的孩子一样被街道办撵到大街上用大铁锹和斧子（你没看错，就是斧子）抡圆了铲冰。

所以我们学校的人都知道，积雪被行人或车辆压实了，再经过零下二十几度的冰冻，雷神都锤不碎的。

H和他的兄弟们在原地待了很久，旁边还躺着一棵树。天无绝人之路，来了几个物业的人，看见他们，居然以为是园林局过来做绿化。

这是真的。物业的人认为园林局会在零下二十几度的天，给一个小区做绿化，而且只带了一棵树。我只能相信这是真的，否则只能解释为是H他爸雇的人了。

他们帮助H把树栽好，H等人家走了，再和兄弟们给树绕上小彩灯，连上电池板，试验了几次，胸有成竹。

平安夜。他给漂亮姑娘发短信，说："看楼下。"

我不知道漂亮姑娘对他究竟有没有哪怕一丝好感，但我相信，任何女生，只要不是对爱慕者深恶痛绝，应该都会在那一刻有所期待。

过了一会儿姑娘回复他："什么都没有啊。"

H他们买的彩灯和电池，在东北十二月末的室外冻了一下午，失灵了。

很多年后的闲聊，H 说，他居然在旧居抽屉里找到了一张漂亮姑娘的照片。

漂亮姑娘早已有了幸福的归宿，他也过得逍遥自在，照片留着不妥，销毁又很不尊重人，他不知如何是好。

我倒觉得他应该留着。

这样的岁月，应该留下来。

不过我很好奇，那个智能手机都没有的年代，他是从哪里弄到姑娘的单人照片的。

"是我自己做的。我把合影里的别人都给剪了。"

2.

"单人照"上的姑娘白得发光。一点都没浪费铺洒在她身上的阳光，笑容灿烂明媚，化成了"青春"这两个字最完美的符号。

而被剪下去的那部分合影，同样是人生。

我妈妈曾在我初中同学的合照里，指着一个角落的男生说："其实他长得最好看。"

长辈的眼睛都很毒。那个男生是我第二任同桌，站在角落被别人挡住了大半，几乎看不清。现在回想起来的确好看，鼻梁高，五官轮廓清晰，脸比女生还小。只可惜黑黑的，个子也不高，人更是寡言。学生时代，只有高大的流川枫才拥有既沉默又被关注的可能。

但我们是同桌，有很长很长的时间可以相互发现。初中本来就是我最开心的时光，天光悠长。

他和我做同桌没几天就把我的水杯换了位置，等我意识到自己很久都没有洒一身水了，问他，他才点点头。他随手解决的不只是水杯这样的小事，我给他讲题，他帮我悬崖勒马，但他不像我，总爱眉飞色舞地拆解一切，生怕别人不知道我多优秀。他说过我讲题时候的神态非常欠揍。

我只觉得和他同桌很好。

春天的午后，大家都没心思上体育课，队伍排得歪七扭八，女生们交头接耳，动不动爆发出笑声。体育老师揪住一个女生，呵斥她："笑，还笑，笑什么笑，给我也念一念，看看有多好笑！"

女生大大方方展开手里的纸条，直接唱道："爱真的需要勇气，来面对流言蜚语。"

《勇气》发行了有一段时间，才在我们家乡突然蹿红，大街小巷的理发店都放着它，歌词实在太得小女孩的心了，这个年纪的感情，对抗的岂止是流言蜚语。

女生获得了我们的尖叫欢呼，她笑嘻嘻地问体育老师："老师你觉得呢，这词写得也太好了吧！"

大家哄笑。体育老师被她弄得没脾气了，本来也没什么好教的，索性让我们解散自由活动。

我和一个玩得很好的小男生一起创办了"华娱快报"这个品牌，每期将学校里发生的八卦事件用《MTV天籁村》和《娱乐现场》的方式播一遍，在我们班有固定的一批收视群体。正玩得开心，操场角落花坛那边突然有争执的声音。

唱《勇气》的女生反应很快，说："别过去，职高的人又来闹事了。"

我们学校紧临另一所职业高中，男生们拉帮结派，混混横行，打架是常有的事。

我也只是回头一瞥，透过人群缝隙，看到同桌在包围中，安静地坐在花坛边。他从来都不是参与这种事的人。

我跑过去。围观者里不少是我们班的男生，保持着一种奇异的沉默。被围在中间的是同桌和几个职高混混，穿着模仿 H.O.T 等韩国团体的肥大牛仔裤，两方相对，他们站着，同桌坐着，垂着头。

然后混混扬起手，响亮地甩了同桌一个耳光。紧接着反方向又一个，又一个，又一个。

我反应过来，大喊："你们怎么打人啊！凭什么来我们学校闹事！"

我们班男生拦住了我。他们的脸上浮现出一种理应属于中年人的浑和与无奈，一个男生说："你不懂，算了算了，打了这事儿就彻底了结了，你别掺和，了结了，了了，别瞎掺和。"

好像这是天经地义的流程，是一件为同桌好的事情似的。

很多年过去，我大概懂得了班里男生的世故，或者说，是十几岁的男孩子努力模仿与伪装的圆熟。他们知道这样窝囊，却也不敢站出来对抗人高马大的职高生，更清楚一次冲动过后是无休无止的约架和麻烦，所以把懦弱强化成法则。

同桌看到了我。但我没留意他的神态。

我像条疯狗，热血上头，也沉浸在自己的热血里，只记得因为喊了一句"我现在就去告诉老师"而把职高老大逗得哈哈大笑，笑完了就走了。

人群散了。我同桌也不见了。

回忆起来我简直是个傻 ×，回教室上课了我还不断和他说："你别怕，我去和老师说……"而他，很轻松地朝我笑笑，说："你消停点吧。"

正巧下午的班会，老师要把几个爱讲话的学生调开，我早有预感会被安排一个新同桌，毕竟我是班干部，理应"度化"各种后进生。

但我和他早就商量好了，我们一定会和老师抗议的。

老师指着他说，你去第二排，和某某换一下。他拎着书包就站起身。

我才注意到，他早就把东西收拾好了，仿佛就等着这一刻了。

就这么轻轻巧巧地走了。

我肺都气炸了。那时候完全不明白他为什么这么做，后来再也没有跟他讲过话。

但他就坐在我前面两排，我还是忍不住观察。新同桌回座位，背后的书包滑下来躺在椅子上，她自己扶起来，坐下。

我不由得很高兴。如果是我，哪怕他在低头写卷子，也会自然地伸出手把书包往后一推，给我留出坐下的空间。这些小细节，消失了才被我记起。

后来他得了一场大病，没有生命危险，但休学了很久。班主任禁止我们任何人去探望，说会耽误他的休息，而且他恐怕会因病耽误中考，见到昔日的同学，情绪难免有起伏。

我高中内敛一些，喜欢谁还知道放在心里。初中就是个花痴，对谁有意思都放在嘴边，曾经深受荼毒的就是他，每天听我念叨个没完，隔几天就换一个，他眼皮都不抬，说："上一个不要了？"

"你听我说这个，这个更帅。"我兴高采烈的。

他会递过来半张卷子，用笔敲敲空白的地方，示意我讲了题才可以烦他。

拍毕业照的时候他来了，站在角落，我要很费力才能找到他。但我妈妈说，他长得才最好看。

3.

这样说起来，我的莽撞伤害过很多人。

初中有个好姐妹，是班里最好看的小姑娘。她和她的同桌关系也很好，是大多数时候欢喜冤家那种类型，不过这是需要仔细观察才能得出的结论（比如我就没观察出来），因为表面的状态基本是天天打架。不是打闹，是打架，男生胳膊上青一块紫一块的，她的辫子也被揪得七扭八歪。

我们初中女生研究过究竟怎么掐同桌才可以达到最小功率最大输出。一派支持用指甲尖揪住一点点，轻轻一转，准保一个小血泡；另一派支持大面积、大力、大扭矩、不撒手；而我提出过，其实和掐的部位有关，人类痛觉神经分布不均，你掐人家的胳膊肘，使多大力气都没用的。我得到了两派的一致肯定，她们纷纷表示果然知识就是力量。

小姐妹的同桌可不在乎什么好男不跟女斗，他统统还手。

后来换座位，她同桌成了我同桌。我不掐人的，我用作业控制人。

但也有拌嘴的时候，往往是因为我小姐妹。她课间来找我玩，碰见他在，就"哼"的一声鼻子出气，拉我去走廊讲话。两个人互不顺眼，我又拉偏架，终于有一天男生气坏了，祭出他认为最有力的证据——我小姐妹的秘密邮件。

"其实我们互相喜欢，"男生言之凿凿，"我追踪了这个陌生邮箱，查到一个 QQ 号，就是她的。"

2002 年，我家台式机最大的作用就是看从电子大世界淘来的压缩盗版动漫光碟，拨号上网下载一首歌要 10 分钟。而男生已经是个电脑高手了，我们遇到的大部分网络问题都是他来解决，那时候我真诚地夸奖他、鼓励他，让他长大了开网吧。

我听都不听。他第二天就把邮件网页打印出来，带到学校给我看。

邮件题头写"无忌哥哥好",中间让我们省略掉,落款是"芷若妹妹"。

男生得意的样子让人很想拿他的脸擦黑板。

我是完全不信的。因为我知道小姐妹喜欢的是谁,我和小姐妹的友情就是因为那个大哥哥开始的。

大哥哥是她曾经的邻居,认识很多年了,喜欢穿白衬衫,人是清瘦白皙的,梳着早年郭富城的蓬松分头,鼻梁上架一副金丝边眼镜。她小学就喜欢他了,是心头的白月光,可惜不在一个学校,同学们都不认识他。神奇的是,大哥哥是学大提琴的,我们是在一次比赛中柜识。交换秘密时,小姐妹一提起他,我们就注定是好朋友了。

小姐妹怎么会喜欢她同桌,相比之下她同桌就是一只猴子。

我的冷漠伤了猴子的自尊心,反而让他不依不饶起来了。课间操时候还缠着我说,烦得我吼他自恋狂,他跳脚反驳:"我过生日她送了我金鱼!捧着玻璃缸走那么远带过来的!这还不是喜欢我!是她不让我说!"

小姐妹就不声不响站在我两后面。

我没觉得自己让她难堪了，反而还有脸责怪她，因为她不跟我说实话，导致我在猴子面前有了败绩，被他追着羞辱。

我有时候细腻得像神经病，有时候又不可思议地愚蠢。

到底还是小姐妹先来找我和好，问我下午体育课能不能陪她翘课——大哥哥来了。

我们一起坐在正门前院的架子下乘凉，爬山虎把棚顶遮蔽得郁郁葱葱。大哥哥没有在门口出现，不知怎么绕到了我们背后打招呼。小姐妹一下子跳下台阶，掉头就走，步伐都忸怩得快要顺拐了。

那位大哥哥轻笑了一下，递给我一个小礼物，说："我要去外地读音乐附中了，让她照顾好自己。"

大哥哥很帅。但我突然觉得猴子也不错。猴子嘴贱，特别聪明，气人却也会哄人，跟小姐妹打架，从来没有真的用力气。和猴子在一起，她应该不会像现在这样躲开那么远吧。

我是真的旁观了偶像剧里的道别。大哥哥看到她躲在角落的阴影里，朝她招手，微笑，转身离开。等人彻底走掉了，她才兔子一样蹦过来，脸红红地问："他找我做什么？"

听了我转达的话，她后悔了，眼圈跟着脸一起红了。

我们沉默地坐着，看阳光照在前方的石砖上，和阴影分割出清清楚楚的一条线。小姐妹突然问："你说，一个人可以同时喜欢两个人吗？"

4.

可以啊，怎么不可以！

我高中喜欢过一个男生，很多年后才写成一篇散文来纪念暗恋。那的确是默默潜伏了六七年的深情，但其实，这个过程中，我也断断续续喜欢了一火车皮的别的男生。

有人的心是收纳箱，可以分层搁放。

5.

我的收纳箱有一层，妥帖地放着一个男生。

他奥数特别好，得过华罗庚杯的奖牌，就叫他小高好了，高是高斯的高。

我很小就见过小高。我们几个女生去老师办公室矫揉造作地背诵班会主持词，小高就坐在角落里，伏在他们班班主任的桌子上，玻璃板下压着一张纸，上面密密麻麻都是公式，他在纸上自己推导算法。

有时候我们背诵到激昂处，"啊！""啊！"地抒情，他会吓得一激灵，抬起头看我们一眼。他的班主任是六个班里唯一的男老师，会拍一下他的后脑勺，笑呵呵地说："还看，题做出来了吗？"

我很喜欢他的长相。瘦高，白净，不戴眼镜，笑起来有一点点害羞。

但后来就不喜欢了。五年级风向变了，重点初中招收择校生需要重点考核奥数，学校也开了创收的奥数班，几个老师轮流讲课。不知道为什么，轮到我们六班的班主任，格外喜欢羞辱我们这几个笨笨的女同学。

她就喜欢三班的几个男孩，尤其是小高。好多次我都被当众挂在黑板上，呆站在那里看小高他们把我空着的题轻松填上答案。我觉得他的皮肤白得可憎。

不料他并没凭着奥数去邻区的重点初中，还是和我们一起就近入学，听说是因为我们这所乏善可陈的初中里，返聘了一个全市闻名的奥数老师。

初三开始的每个周末，学校会把学年前 240 名学生打乱分成四个冲刺优班，座位是按名次排的，一次月考之后，我和小高坐在了一桌。我们一直都在优一班，有听奥数名师讲课的资格——但名师太迷恋超高难度的数学题了，又太喜欢羞辱人，每次轮到他的课，很多人扛着自己的课桌就往优二班逃跑。

我没跑成。第一次挨着小高坐，也不好意思跑，上课就被点到了，我和小高各做一道题。

怎么又来？我绝望地站在黑板前，再一次。

名师气死了，尖着嗓子喊："长脑袋是干什么的啊，显个高啊，我给你俩脖子上挂根绳，绷直了去我们家晾衣服好不好啊？"

名师骂人非常有才华的，这么好笑的一句话班里人都不敢笑，足以见得大家有多怕他。而他气成这样，是因为对小高失望。我也很奇怪，小高看着题目，一动不动。

名师的小外孙女突然在班级门口出现了，冲着他喊：

"姥爷，姥爷！"——我人生中第一次也是唯一一次见名师笑，笑开了花，忙不迭走过去抱起小外孙女，说："你怎么跑出来了，走走回办公室去！"

名师出了教室，我还张着嘴发呆，最后排有个男生眼疾手快抱起自己的单人桌就跑了。

回过神，小高已经在黑板上写字了，简单明了的三行，写在我们两道题中间。

"你那道这么做。"他说。

我二话不说开始抄！我也不是完全傻，把他给我的关键步骤自己完善了一下，赶紧擦掉了罪证。名师回来得很快，看到我们都开始写字了，脸色稍缓。

我比小高先做完的，赶紧避嫌回到座位上，重新抬眼看讲台上的小高，长得还是那么白，高高瘦瘦的，穿着我无法理解的、船一样复杂厚重的篮球鞋。

下课之后我也不好意思谢他。我深深地怀疑他是小学的时候无数次目睹我挂黑板，终于有了恻隐之心。

我们做了三个周末的同桌。小高的话非常少，动不动耳朵就红了——并不是只对女生害羞，什么事他都可以红耳朵，我怀疑他毛细血管太脆。

月考前最后一周，无聊的语文课上，老师在讲评作文题，总结古今中外关于"理想"的名人名言，我突发奇想，给他传了张纸条。

"你的梦想是什么？"

我们十几岁的年纪，就是很爱谈梦想的。

他很久才回过来："我希望一天能有 48 个小时。这样我就有更多的时间做自己喜欢的事情。"

"什么事？做题吗？"

他知道我在开玩笑，转过来，也笑了。

放学时候我们一起走了一段，是我主动说大家顺路的。

"你的梦想是什么啊？"路上他问。

"我不知道。"我诚实回答。

"没关系，"小高十分认真地说，"我总觉得，你这个人，想做的一定都能做得到。"

我被这句话震到了。

那时候已经临近报志愿了。师大附中开始和许多求稳的尖子生签订加分协议了。我一直在纠结，于是课间跑去和学年第一名聊天，她看都不看我就说："别打听了，你爱签你签，我是要考三中的。"

我气死了，立刻说："我也是要考三中的！"

其实我们学校的水平，一年能有一个人考上三中的自费生就很罕见了，我真的只是气话。不过因为小高的那句话，我鼓起勇气，没头没尾地和他说了这件事。

他说："我也想考三中的，我们一起。"

我们一起。

第二天，"华娱快报"的两位骨干跟我说，他们从小卖部出来就看见我和小高的背影，身高很配。

我骂："胡说什么！"话音未落就"嘿嘿"笑起来了，无法控制。

月考之后重新排名，我们没有坐在一起，不过在走廊遇见总会说几句话，中考越来越近，我们相互打气。

我永远记得他说，你想做的事，你一定会做到。

那一年我们初中有六个人考上了哈三中。校长乐得嘴都合不拢。

空前，绝后。

6.

然后上了高中。

我高中最好的朋友喜欢女生。高二的时候，抢走了小高的女朋友。

小高的女朋友关我什么事呢，对不对？

他姥姥个大西瓜。

7.

我从来都没觉得我好朋友喜欢女生这件事有什么问题。

她说自己也觉得迷茫，问我这样是不是不对。我说："这个倒不是问题，主要是，谈恋爱这个事儿吧，它、它耽误学习。"

后来好朋友叫我去篮球场，大大方方地牵着女孩走过来，说："给你介绍一下，这是那个谁。"

我在场边看她们打球，觉得一切很美好。

知道她们的人很多。有次女孩在课堂上念作文，说人和人之间的关系就像刀与刀鞘，包容、保护、不阻挠，可以贴身放置也可以利刃破空。

上面那段是我编的。我怎么可能知道她作文具体写了啥。

但刀和刀鞘的比喻是真的。临近下课，她们同学看见我朋友照例出现在门外等她，就集体起哄说："刀鞘来了，刀鞘来了！"

她们后来分开了。

让我朋友最伤心的是一件小事。

曾经两个人还很好的时候，一起去江边散步，回程要坐公交车，身上却只有一百块，想要换几个一元硬币，朋友就跑去报刊亭，纵览花花绿绿的陈列，说："还是来本《看电影》吧。"

大妈找给她 90 块，没有零头。她拿着钱还等呢，大妈冷漠地说："《看电影》10 块钱。"

女孩就在旁边大笑。

我听着朋友讲，她控制不住地边讲边笑，我一脸冷漠。

恋人之间总有一些只有他们自己珍视的瞬间。

而朋友伤心的是，朋友无意看见女孩和新男友在报刊亭对着《看电影》杂志大笑，显然，女孩把故事讲给了新男友。她们之间的暗语，就这样便成了他们之间的回忆。

我看我朋友这样下去实在有可能耽误高考，就试探着约了女孩聊聊。晚自习，黑咕隆咚的行政区走廊，只有远处尽头还有一盏白灯亮着。

"没办法帮她开解。我们之间是怎么回事只有她心里清楚，和我男朋友无关，和我下一任、下下一任男朋友也无关。"

很好很干脆，和我阐述来意一样干脆，这段见面可以结束了，全部对话居然只持续两分钟，大家都是高效能人士。

"好，我知道以后怎么安慰她了，打扰你了。"

我正要走，她突然跳下窗台，拉住了我的手腕。

"跑步吗？"她说。

我没反应过来，她猛地攥住我的手腕，大步朝着百米开外的走廊尽头跑过去！

我差点被拽了一个趔趄，勉强追上，她人高腿长跑得轻松，我被动跟着，后来也不知怎么也生出一股豪气来，主动加快了步伐，拉着的两只胳膊原本像绷直的牵引绳，现在终于松松地垂下来，我追上了她。

奔跑的感觉真好。

风驰电掣到了灯下，恍惚间还能听见身后的走廊里传来脚步的踢踏声。

"好点了吗，你？"

我扶着膝盖喘气："我没事。"

"我是说心里，好点没？"

我抬头望着她。她和我朋友一样，梳着有点像缺牙时期的三井寿的发型，不过柔和好看些。

"她以前跟我聊过你，说你心里很多事，但不爱倾诉。我估计好学生压力都挺大的，今天你第一明天他第一的……我也不懂。我这人做事情就这么随意，想跑就跑，想喜欢谁就喜欢谁，反正我就是这样的人。你明白了吧？平时你就来这儿跑吧，能跑多快跑多快，跑完了一切都会不一样。"

我说："好。"

女孩后来又交往过几任，有男有女，听说她最后去了英国。

我朋友大学也放飞自我了，不再困惑，轻轻松松地成了女性杀手，也有过几段刻骨铭心的感情，她去了加拿大，依然为每一段感情沉迷，也为结局而伤心。

而我，现在遇到不开心的事，依然不会找人倾诉。

但我学会了跑步。跑到脱力，跑到比想要放弃的那一刻多一秒，然后坐在终点大口喘气，明白自己还活着。

就算其实并没有甩脱人生的任何烦恼。

8.

对家人朋友，我都不倾诉。我爱讲笑话，也乐于当谐星活跃气氛，但我不倾诉。

倾诉背后隐含着两层意思：信任和洒脱。

我信任倾听的人；就算不信任，被嘲笑或传扬出去也无所谓。

这两种我统统不具备。

五年级夏天的一个下午，班主任召开了一堂临时班会，在黑板上写了四个字，"实话实说"。

她和颜悦色，兴致勃勃："央视小崔的《实话实说》，都看过吧。咱们班今天也来一堂实话实说。就说说你们的烦恼、压力、伤心事，实话实说，谁先来？班干带头吧！"

那时崔永元的《实话实说》真是火，或许她心中熊熊燃起了人类灵魂工程师的使命感，或许想过一把主持人瘾，或许只是闲的。

不过"班干带头"四个字，微妙地证明了她并无真心。

班里先是经历了一段时间的沉默，然后大家的目光渐渐聚集到我们这些班干身上。

第一个举手站起来的是 W。

W 是宣传委员，我们不熟，但我一直欣赏她，甚至有点崇拜。她是我们班第一个开始看《花季雨季》的女生。《花季雨季》教会了她很多，比如被问起和某个男生是不是一对儿，别的女生都会脸红激烈地否认，甚至为了撇清而幼稚地扬言告老师，她却可以淡淡一笑，说："我们只是朋友。"

我觉得她不像个小学生，她是初中生。初中生，懂吗？简直是太高级了。

班主任的突发奇想，正中了 W 的孤独。面对全班唯一一个成年人，初长成的少女有太多可以倾诉的事情。

我们在套话假话中浸淫多年，一开始讲"实话"会有点笨拙，但渐渐地，年轻生猛的表达如同溪水般找到了自己的流向。站在青春期的开端，荷尔蒙、迷茫学习成绩、做班干的委屈、不知名的勃勃野心、青涩的情感……她有太多可说。虽然一个都没说明白，但她很努力地在描摹自己的一颗心。

W 的真诚激发了我们。班干部中女生居多，表达能力都不赖，每个人都跃跃欲试。青春期的委屈，吃力不讨好的班干工作，学不会的奥数（这个一看就是我说的）……不少人说着说着就泪洒当场。

十一二岁的小孩，我们脆弱着呢。

我至今仍然记得班主任越听越错愕的脸。班会进行到后半段，她频频看表，已经不再回应，但开闸的洪水却没有回头之势。后来她强行结束了班会，干巴巴地总结道："大家能勇于表达。是好事。"不咸不淡的。

但哭成一片的我们并不介意。

谁也没想到，隔了几天，班主任忽然拿出了班里一个叫 F 的男同学的周记本，要我们认真听。

她就这么念起来，目光意味深长地扫过那天踊跃发言的同学们，尤其是 W——她是起头的人。

"老师，班会的时候我看他们哭，觉得很好笑。他们说的那些也算是挫折磨难吗？从小我的父母离婚了，没有人管过我。"

在安静的班里，班主任将 F 叙述的颠沛流离的童年生活，清晰地念了出来。

念完之后，她略带得意地看着我们说："F 说得对，你们那些挫折算什么呀？你们看看 F，看看海伦·凯勒，看看张海迪！这么点事就哭，不嫌丢人？一个个还是班干部呢！"

我克制不住地回头看。坐在最后一排的 F，平时总是不声不响的 F，红着脸，低着头，不知道在想什么。

现在全班都知道他父母离婚的事情了。

现在他与所有在班会上发言的人为敌了。

班干部们自曝隐私和短处却被反嘲，都沮丧地耷拉着脑袋，还有一部分人将怒火转向了 F，课间聊天时用不大不小的声音说："爸妈离婚了也到处说，很光荣吗？"

F 的感受我不得而知，但相信绝不是骄傲。

没有人责怪班主任。班主任可是老师啊，老师批评教育我们要坚强，这怎么会错呢？雷霆雨露，皆是君恩。

我起身去外面上厕所，那时我们小学还是旱厕，在教学楼外，每年都有学生掉下去。我发现 W 走在我后面。

她上完厕所出来，没料到我在外面等她。骄阳下，我俩躲避着对方的目光，却又都想说点什么。

我知道我想说什么。我想骂老师。在老师还等于神明的年纪里，我的思想是危险的。可我就是觉得她简直是个"死三八"，我直觉全班只有 W 会同意我。

但我们毕竟不是朋友。嗫嚅半晌，我只是问她："刚才……老师……你怎么想？"

W 清清冷冷地看着我，泪光一闪就不见了，依然像个初中生一样，摇摇头。

"没想什么，学会了一件事。"

"什么？"

"自己难过的事，就只是自己难过的事。我再也不会和任何人讲。"

这件事后来就过去了。

班主任做过的一言难尽的事情不止一件；伤害学生的老师，也不止她一个。学生时代凑凑合合也就过去了，记那么清楚做什么？

心细的人命短。

初中时 W 和我不在同一所学校。有次我们在区体育场开运动会，她和另外几个小学同学路过，我们就在场外短暂开了一个同学会。

她留了长发，学习依然很好，只笑不说话。所有人都说她变了，好文静。我现在还记得她低下头把碎发别在耳后的样子。

却完全不记得，那堂班会上，作为讲述者之一，我自己有没有哭？

或许是觉得丢脸，刻意忘记了吧。

人生后来又给了我许多许多的挫败感，我和它们周旋的时候，总是一言不发。

9.

F的苦难比较深重，所以被班主任拿来教训无病呻吟的女班干们。

苦难是成功之母，也是武器，是盾牌，是勋章，是舞台。旁观的人只能看到它所带来的好，又无须亲尝其苦，有时候竟然会羡慕。

有一堂班会课上，一个女生就大声地说自己非常羡慕男班长Y；过了一会儿觉得不对，又改口成钦佩。但我猜羡慕才是实话，虽然很残忍。

Y的父亲癌症去世了。

Y是个很好的男孩子。他长得很黑，浓眉大眼，一身正气，有点像朱时茂，有着一张战争中不会叛变的脸。但除此之外，他并无特殊的优秀之处，也从没得到过班主任的青眼。

后来他家中出了变故。

他请了一个多星期的假，直到父亲的丧事处理完毕；一迈进教室的门，迎接他的，是热烈的掌声。

全班同学坐得整整齐齐，面带微笑给他鼓掌，老师抱着红纸包裹的捐款箱，站在讲台前，说："我们要学习 Y 同学的精神，不被任何困难击倒！"

你们神经病吧。

然而当时，我也是热烈鼓掌的一个，捐款箱里也有我的钱，我心中满是钦佩和感动。它们只是一层肤浅的皮。我并不知道父亲早年亡故对于一个家庭和一个孩子来说意味着什么，更没思考过，究竟钦佩和感动这两种情感和这件事情能有什么关系。

我们是被自己的无私和热情所感动了。

Y 在这件事上表现出了一个男生的担当。他体面地感谢了老师和同学，甚至磕磕绊绊说了几句场面话，校长和主任站在门口，也是一脸欣慰。

Y 升任男生班长，没人有异议。后来他陆续得了优秀学生干部、三好学生，上了光荣榜，被各种老师提起，学校里但凡有活动需要"树立先进典型"，一定少不了 Y。

自然也有烦恼。惹老师生气了，劈头盖脸就是一句："你想想你爸爸，你妈妈，你对得起他们吗？"

但他最大的功用，是做武器。

老师用他做武器——"Y父亲都去世了，学校的集体活动一样不落，你家里能有多大事，就想请假？自由散漫！"

同学也拿他做武器——"×××同学的确也很出色，但Y家里困难，却仍然乐于助人，团结同学，这个机会应该给Y。"

许许多多出于私人恩怨的攻击，都把Y扯到身前当盾牌，而他只能沉默着听，还要时不时露出"哪里哪里""我还做得远远不够"的谦虚笑容。慢慢有不少人私下有了默契——绕开他，绕得远远的。

我跟他爆发冲突是在六年级。

富家少爷H从没参加过的清雪行动，我们小学每年冬天起码要折腾七八次。校门口有早市，积雪混杂着垃圾、菜汤，被行人和车辆压成厚厚的一层，我们从家里带着扫帚、铁锹、煤炉钩子、斧头、簸箕……去学校集合，目的是比别的班提前清完区域内的冰雪，为自己的班级争夺一面鲜艳的流动红旗。

集体荣誉感到底是一种什么东西呢？它曾在我体内那

样沸腾过，时至今日却流失殆尽，回忆起来让我无比费解。

但是被划分多大的承包区，却是要看运气的。那一天，五班分到了一块好地段，相邻的我们班却要面对因为水管渗裂而结冰的下坡。我们埋头苦干，当然也没忘了表现自我，班主任和校长走近时扫得格外认真些。

Y大大地摆了我一道。

我用斧子砍冰层的时候，冰碴溅到了眼睛里，站在原地揉了很久，还是酸痛，一边眨一边流泪，模模糊糊中看到Y手脚并用地爬过了我面前。

他把扫帚放在地上，双手各握住两端，撅着屁股往前推。

"你干什么呢？"我问。

"簸箕被拿走了，用扫帚可以把雪推成一堆。"他说。

我笑："你等他们把簸箕拿回来再用呗，这样多笨啊，还累！"

"就你会省劲儿啊，人家干活你看着，你的确不累。"

我愣住了，回过头，看到班主任不知道什么时候站到了我们背后。

班会上我被揪起来，批斗了足足有十分钟，班主任拿我和 Y 进行了花式对比，尤其讽刺的是，他是男班长，我是女班长。

　　我们班主任早就感受到了我对她因为各种事而起的、没能隐藏好的敌意，正好抓住这件事情，用无比光明正确的对比项 Y，把我骂得哑口无言。

　　下课后我因为羞愤呆坐在桌前，Y 走过来，说："老师误会你了。"

　　那你怎么不帮我说话呢？我冷笑，抬头说了一句十分恶毒的话："家里那么难过的事，你一直拿来表演，到底怎么想的？"

　　Y 愣了很久才说："我没有。"

　　说来也巧，班里下发团委自办的学生周报，第一版就有 Y 的采访。

　　记者跟随他去给父亲扫墓，见到他在墓前痛哭，并经由那个年代独有的话语体系，将场面绘声绘色地描述了出来。

　　我转头看了 Y 一眼，用视线发射了无法传递给班主任的全部怒火和轻蔑，Y脸色苍白，没有继续争辩。

还好岁月漫长，这些都会过去。

初中Y就在我隔壁班，我们有共同的物理老师，泼辣风趣，曾把我们几个班的学生集合在一起参加公开课大赛，关在小实验室里设计和排练，我也因此与Y重新成为了朋友。

他还是他们班的班长，同学们都很信服他，我看见他们荤素不忌地开玩笑，确信新班级是真的没几个人知道他家里的事。

我和他道过歉，为我的恶毒。

"我挺喜欢初中的。"他驴唇不对马嘴地说。

他笑了，还是一张正气十足的脸。

"真的，真的很高兴，"他说，"我再也不用听他们提起我爸爸了。"

10.

Y为被瞩目而痛苦，却也有人在夜里默默许愿，祈祷着他人的目光能落在自己身上，哪怕一秒也好，一个对视也好。

高中走廊，学生们形单影只或勾肩搭背，擦身而过时，总有一个人并不平静。

我的寝室长个子高高的，爱看《今古武侠》，最喜欢《洛阳女儿行》，烫了发尾，染成了深栗色，近视镜片都是浅浅的西瓜红色。

她喜欢一个风云人物，一个梳着低配仙道彰发型的篮球健将，公认的帅哥，高一篮球联赛的时候就有很多女生慕名去场边为他加油。两个人仅有的一次交集是在高三，他们擦肩而过。

风云人物的眼神平顺地滑过她，没有一秒停留，而她，我们全寝室公认的大姐大，躲闪着低下了头。

没了，就这些。把高中三年掰碎了用放大镜看，也只能看到这些。

临近毕业的某天，早上我俩起得最早，一起去食堂吃饭。她突然问我："上了大学之后，你有什么特别想做的事情吗？"

我说不出来。

她也没逼我说什么，她只是给自己一个设问。

"我大学要变得漂漂亮亮的。"她低头喝了一口牛肉面汤，那是我们食堂早饭里唯一不像猪食的东西。

"就算天生不漂亮，也没办法变漂亮，也要昂着头走路，任何人看我的时候，都要大大方方看回去。"

她说这话的时候，漂亮得不得了。

11.

但变得美美的哪是那么容易的？

说出来我自己都觉得不可思议——我大学一年级才第一次独自逛街，第一次给自己买衣服。

我上小学后，妈妈开了服装店，置办我的衣服对她来说都是小意思，进货的时候顺手买几件就好。她定期飞去全国各地"打货"，那时广州是外单服装之光，于是我也沾光穿过好多纪梵希 T 恤（假的）、范思哲裤子（假的），连拎饭兜的布袋子都是博柏利经典格纹（当然也是假的）。可惜那时我根本不知道自己一身"贵气"，同学们也没人认识，直到前年我从衣柜里翻出一件珍藏的、小时候最喜欢的鱼骨图案 T 恤，愕然看到领子后的商标上，写着大大的"D&G"。

真是母爱深似海。

上了大学，看着身边的姑娘们大大方方逛街，我十分羡慕。但我在校园里还没找到特别好的朋友，和不熟的人一起逛街，总归有点不自在，我决定自己去。

2006 年秋，北京还只有三条地铁线，我需要从宿舍楼步行十分钟到东门外，过天桥，挤四站公交车至五道口，坐上轻轨十三号线，往北边绕上一大圈，到了西直门站，步行上楼，地面沿施工栅栏走三分钟，下楼，换成二号线——才终于走进西单。

对外地人来说，西单是北京最有名的地方之一，虽然很多街道看上去其实也是破破的，麻辣烫小摊和炸串店都挂着一样丑的大牌匾。我逛了一下午一无所获，因为我实在是紧张，导购员一跟上我我就想逃跑；而且我那么贫穷，这加剧了我的紧张。

路过无数"拍手店"（就是那种店员在门口不断拍手以吸引路人注意力并同时高喊"全场六折买三赠一限时抢

购"的店）之后，我告诉自己不能再蹉跎时光了，黄昏时分咬牙闪进了其中的一家。

进门就上楼梯，二楼居然是非常宽敞的大卖场，顾客不少，店员全都叽叽喳喳围在收银台前接待顾客排队买单，广播里不断通报着战况："×××今日销售额再创新高，其他店员再接再厉！"

我连忙趁无人注意开始挑衣服。

我选中了一件灰色的棒针毛衣，正好适合即将来临的冬天，十分宽松，而且便宜。试衣间排长队正合我意，我压根就不敢去试，我只想完成"自己买衣服"这个任务而已。

匆匆跑到收银台去交款。一个店员眼睛尖，笑眯眯地迎过来挽住了我的胳膊，"姐""姐"地叫个不停，我心知这一单应该就会算在她的业绩里了。

提着袋子离开时，我经过了楼梯口的衣架，看见两个女生各拿着一件衣服，对着光线细细地检查袖口和领口的走线。我像被雷劈中了。

我从袋子里翻出毛衣，果然，左边的袖口破了一个指甲大小的洞。

我做了很久的心理建设，回到收银台，在一群小妹中辨认出刚刚热情招待我的那一位，走过去跟她说："你好，抱歉打扰了，这个衣服，袖子破了。"

　　她愣了一下，抬头看我。

　　我更不好意思了："所以你看……"

　　小姑娘社会经验丰富，通过我的表情和语气迅速识别出，我只是一个窝囊废。

　　她松了口气，凉凉地笑了："关我什么事？你买的时候怎么不看好啊？谁知道是不是你自己弄的啊？你怎么证明？别找碴儿了，不可能给你退，你别站这儿挡着。"

　　她旁边的两个小姐妹也笑了，互相交换一下眼神，三个人一起走进卖场去寻觅别的客人了。我拎着毛衣，像个呆子一样站在原地，收银的小姑娘"啪嗒"合上抽屉，白了我一眼。

　　我默默把毛衣放回塑料袋，快步走出卖场，走下楼梯，最后真的开始逃跑，人来人往的大街上暴走了几个路口，哗哗淌眼泪。

　　我居然连一件衣服都买不好。

哭了好一会儿，终于擦干了眼泪，憋着一口气进了身边的店。是佐丹奴。我在最外面的台子拿了两件半高领纯色打底衫，一黑一红，赌气一样付了款，都没注意拿的是XL号。

放假的时候我把这三件衣服都装在行李箱里带回了家。我妈拎起那两件丑陋的打底衫，问："你怎么还给你爸买衣服了？"

我气得鼻子都歪了。

她一无所觉，又拎起那件破毛衣，说："这件还可以，自己买的？行啊你，会买衣服了。"

我不敢置信："真的？"

"真的啊，这件真的还可以。"

我想了想，说："我把袖子挂在钉子上，刮破了。"

我妈温柔地笑了："没事，我拿钩针给你弄一下就好了，很简单。"

我又没忍住，哇的一声哭了起来。

12.

难堪丢脸的瞬间谁没有呢？

高中的时候，全市中考状元高中和我一个班。刚开学时我们筹备 80 周年校庆的班会节目，决定演童话舞台剧，所有串场的路人都是他一个人演，演得特别好笑，浑身都是戏。我们一群人正在空教室里嘻嘻哈哈地边排练边玩，一个同学经过门口，扬着手里的单子说："摸底考试的成绩出来了！"

所有人一窝蜂围了过去。状元愣了一下，迅速地跳到了窗台上，戴上耳机，抱膝坐下，幽幽看着窗外。

他以状元的身份进入这所学校，第一场考试，压力一定很大吧。

一整套动作行云流水，可惜最后他忍不住想瞄一眼门口的情况，却撞到了我的视线。

后来他说这是他这辈子最羞耻的一件事。

我觉得不是的。他一定干过更羞耻的事，只是我没看见。

大学也有个姑娘，数学好，英语棒，人也酷酷的，最不该就是在阶梯教室的分享会上举手提问。

她提了一个自觉很有分量的问题，偏偏遇到了一个浑水摸鱼的嘉宾。

姑娘问问题花了半分钟，嘉宾一句话就答完了，漫不经心的。她还没来得及坐下，愣愣站在座位上。

然后她高声地说出了事后自己都无法解释的结束语：

"谢谢师兄。那么，让我们……让我们……一起为了中国的金融事业崛起而奋斗吧！！"

13.

我写完上面那两件事，就原谅了第一次买衣服的自己。

14.

我喜欢回忆那些出糗的瞬间，因为它们真诚、轻松，错了就错了，至多懊恼，但不致命。

人生中还有很多选择是致命的。

2004 年的夏天，北京举办过一场 APEC 青年科学节。世界各地几百名高中生聚在一起，打着交流科研成果的幌子，进行了为期十天的北京深度游。

我是黑龙江的学生代表之一，我们的参会科研项目是"融雪剂对城市行道树的影响"——这是一个几乎不需要研究的项目，小学生都能蒙对结果。而我们也的确只是用主成分为粗盐的劣质融雪剂浇了半个月花，全部浇死，拍照记录做展板，就这样兴冲冲地登上了去北京的火车。

夜里的卧铺车厢中，一对男生女生看对了眼，怎么也不肯睡，就坐在走道的折叠椅上借着微弱灯光轻声聊天，像两只偷吃的小老鼠。我迷迷糊糊，听到女生的担忧："咱们这成果也太敷衍了，都没有对照组，会被笑话的。"

男生大咧咧地宽慰："怕什么！咱们也算边疆，科学发展得滞后点岂不是很正常？欸，你什么星座的？"

他没说错。主办方本来就醉翁之意不在酒，世界民族大团结才是正事，科学是什么，能吃吗？

五大洲青少年集体入住北京八十中，我被学生公寓里的空调、网口、独立卫浴深深震撼了，火车上男孩那句"边疆人民就是苦"烙印在了心上。

首都真好。

这场活动的本质就是"公款游北京"加"青少年版世

纪佳缘"。我们到了北京便被打乱重排成几个课题小组，我的舍友分别来自北京和台湾，对面住着香港姐妹和澳大利亚小美人，我认识了许多新朋友，很快和大家玩到了一起。

那时候并没注意到黑面男。

黑面男是北京男生，的确非常黑，夜里过马路会有危险的那种黑。大家提起他，会说"就那个，那个保送清华的"。

他比我高一级，是准高三，刚通过生物竞赛保送到了清华的什么什么生化专业。一次中午吃饭我坐在他对面，也打算用清华来寒暄几句，他忽然大怒道："清华、清华、清华，我就是个符号吗？难道没保送清华，我就不是我了吗？"

我想了一会儿，决定说实话。

"还真不是。"

他气得像要打人，我突然很想笑。

文艺作品里，常常有富家子弟冒充穷小子，希望验证，如果去除金钱、地位、华服、跑车，他还会不会遇到真爱。但华服养成了品味，金钱提供了底气，地位开阔眼界；人被符号影响和塑造，塑造的结果又呈现为新的符号，哪能分得清楚呢？保送清华又不是天上掉馅饼，它体现了黑面男的智力和努力，这难道不是一个人最重要的组成部分？

我觉得我说得很有道理，但黑面男并没被说服，他只是不跟我争了。从那次吃饭开始，我走哪儿他跟哪儿，理由是，他英语很差，而我英语不错，嘴巴也叭叭叭很能讲，可以借由我来和国际友人多多交流。

我们因为这个鬼扯的理由开始形影不离。而他英语的确很烂，烂到一句也不肯讲的地步，自暴自弃地当起了聋哑人。

我现在还保留的一张合影中，我们在天坛，十几个人站了两排，他在我身后，把 V 字比在我头上，我笑得无比灿烂。

那真是一个浪漫而热烈的夏天。

白天我们听讲座、游北京，晚上大家打牌唱歌做游戏闲扯淡，我们宿舍是大据点，有天晚上全课题组的人都挤在一个房间聊到天亮，台湾高雄的两兄弟现场创作b-box，连新西兰的哥们都学会了怎么玩"海带啊海带"。

但大家一直对黑面男喜欢不起来。

北京本地人，清华，臭脸。这三个关键词组合起来，听着就欠打。

一天晚上，两个朋友很焦急地冲到我房间说："你知道吗，今天下午我们俩和那个保送清华的一起去听医疗器械的讲座，我们特意打他一个措手不及，问他一句特别难的话，他会！英语他全都会！丫是装的！"

一个人"作恶"和"为你作恶"是两码事。我压根就没生气，甚至挺高兴的。但是黑面男的傲气得罪过太多人，在众人炯炯的期待目光之下，我硬着头皮抱怨了一句："他怎么要人啊！"——然后不负众望地不搭理他了。

冷战一共也没几天。科学节要落幕了。

离别前的深夜，大家抱头痛哭，在彼此的文化衫上签字，合影，许多因为活动而结缘的小情侣互诉衷肠，以为情比金坚逃得过距离和时间。

我在楼下闲晃，不出所料遇见了形单影只的黑面男。

他说："聊聊？"我说："那聊聊吧。"

我们谁也没提英语的事。他自负，但也的确懂得很多，只要我多忍耐一下他的坏脾气，聊天是十分愉悦的。

直到我说起："下学期高二，我要去学文了。"他说："学文没前途，别自暴自弃，智商低的人才学文呢。"

我一下子就岔毛了。

黑面男优哉游哉地说："不如咱们打个赌，赌你能不能考上清华。"我说："上你姥姥的清华，老子要上北大！"

那么好的夜晚，聊什么不行？说不定可以定情的，我们居然赌这个。现在想起来，他是在激我吧。

最后他说："两年后你一定要来北京，后会有期。"

他给我留了一个联络邮箱，前缀英文字母很长，我不认识，他一瞪眼睛："assassin你都不知道？'暗杀者'，懂吗？"我说："你网名可真恶心，你怎么不干脆叫心动男孩。"

我凌晨3点才悄悄地回宿舍，发现其他人竟然也都没睡。台湾室友怪笑着说："我刚才在楼下看见你和清华了，坐在同一张长椅上。"我很紧张，她继续大笑问："可是，你们为什么坐得离那么远？"

我没回答，却很开心。为这份清白，为我和他对未来的尊重。

那个夏天促成了很多爱人与朋友，分别后迅速降温，但我们一直保持着邮件联系。

第二年的初夏，他发来一封很长的邮件，告诉我，他决定放弃保送，参加高考。

理由很简单，因为被全班乃至全校为高考而战的激情感染了，他觉得他的青春缺失了这一环，他不想做逃兵。我简直要气乐了，但还是斟酌了一下邮件的语气，劝他，考试可以照常参加啊，没人规定保送生不可以参加高考，你为什么要放弃保送呢？

他最后回了我一次。此后应该是因为我不支持他而失望了吧，他再也没有回过我的邮件。

高三那年冬天，各大高校都启动了保送和自主招生选拔。北大的校推名额，我们班只有一个。班主任试探性地找我谈话："你一直是第一，只要不是严重发挥失常，考北大基本没问题，但这20分的加分如果给别人，咱们班就能多一个录取北大的希望。"

我平静地反问："如果我严重失常了呢？"

文科班班主任是个非常好的人，换作别的老师，恐怕不会放弃这个让自己班里多出一个北大生的机会，有没有用也要劝三轮的。

我们班主任听了，只是说："好，那我就把你报上去了，这是属于你的权利。"

走出办公室，我想起黑面男。我相信如果是他，不等老师开口就会把机会让出去。他是英雄，我只想生存。

上大学后我总在校内网上写日志，内容大多是耍乖搞笑、胡言乱语。有天他竟然来加我的好友。

我挺卑鄙的，通过申请后，第一件事情就是去看他资料里填写的学校信息。

他在一所北京的二本，学财会。

在我发呆时，他率先在我最新的日志下留言。

"别人夸我牛×，我总是会说我学校不行，你得看北大；可看到你这乱七八糟没营养的日志我才知道，北大已死。"

换作曾经，我一定不会饶了他，斗嘴我不可能输给他。只是我无法确定，这还是不是曾经的斗嘴。我翻进他的页面，看到他最新的日志，说自己通过了奥运会志愿者的重重选拔，终于圆梦了，"一路艰辛，此刻相信都是值得的"。

奥运会志愿者在北大和清华，不能说随报随上，但也的确没什么难度，甚至很多人为了筹备 GRE 或暑期实习而对此避之不及。这是一个残酷的事实，没有感情色彩，没有居高临下；这种理所当然的"差别"，就是无数人熬夜苦读、无数家长翘首期盼、削尖了脑袋也想要挤进好学校的原因。

清华不是一切，清华不是绝对，但在清华，很多事情就是会更容易一点。

这只是我的感慨，是死死抓住 20 分加分不放手的我的感慨。

鹓鶵非梧桐不栖，而我只是叼着死耗子不松口的乌鸦，我不必惋惜他跋涉千里的艰辛，他也不会懂，一只死耗子对我来说究竟有多重要。

当时我问他："为什么一定要放弃保送？"

他回复我的最后一封邮件说："为了没有退路的战斗。"

15.

大二的时候，我偶然认识了一个电影学院研究生在读的姐姐，邀请我主演她的作业。

只是一个五分钟的短片，讲述"一个电影系学生为了拍关于偷车贼的短片而四处选角，无意中选中了一个真的偷车贼，拍摄过程中偷车贼表演偷自行车，居然真的骑着车扬长而去"的故事。

我演"电影系学生"，演"偷车贼"的，是我们学校的保安。他叫马朝伟，跟每个人做自我介绍的时候都说，就是梁朝伟的那个朝伟。

他以前是清华的保安，后来为了"感受两所学校的不同"而跳槽到了北大，上班之余坚持自修，过得很开心，因为学校里的课程和讲座可以随便听。

"我在家乡可听不到这么好的东西。我觉得太幸福了。现在还能演电影，简直了，想不到。"休息的时候他一直和我感慨。

摄制组加上我们两个演员，共计四个人，转场的时候每个人都得扛器材。有些东西实在没地方放，马朝伟热情地说，干脆放在他的宿舍里好了。

保安们的住处在 35 楼对面，我以前无数次从这里经过，从没注意过角落有这样一排蓝顶铁皮简易房。这条路一端通向天天上演芭蕾舞剧和经典电影的百年大讲堂，一端通向南门外起早贪黑讨生活的烧烤摊和水果摊小贩，中间是马朝伟的宿舍，他努力着，想从一端走向另一端。

我推开门，屋子里一张桌子，一张椅子，角落一把巨大的扫帚，除此之外什么家具都没有。

迎面，墙上贴着一幅硕大的、生涩而端正的毛笔字，只有八个字。

"身无分文，心怀天下"。

我会一直记得。

《岁月的童话》是我最喜欢的动画片。日文名字叫おもひでぽろぽろ。

おもひ是おもい（回忆）的旧写法，ぽろぽろ表示零零碎碎，整句直译过来就是"回忆的点点滴滴"。

我刚学日语的时候，知道ぽろぽろ可以用来形容眼泪簌簌落下的声音，所以看到它的日文名，心中一软。

　　一回忆起来就会簌簌落泪的事情，是什么呢？

　　后来知道自己是误会了，动画片里一滴眼泪都没流。女主角妙子的人生陷入茫然之中，她不断地回返到小学五年级，从回忆中寻找前行的方向和理由。

　　这些回忆，细细碎碎，像一地蹦跳的珍珠，线已经断得不成样子，每一颗却仍然熠熠生辉。

　　我也想起了几件ぽろぽろ的事情，想起了许多闪闪发光的人；手里有一根断了的线，不知道串不串得起来，没料到写着写着，竟然有些刹不住。

　　像一个追着蒲公英飞絮奔跑的小孩，停步的时候，蓦然发现，自己一直站在花的海洋里。

阿紫

她靠着干巴巴的成绩考进这个校园，
企望索取的却是一种丰富的人生。

她的真名当然不叫阿紫。

我第一次见到她是在九月的开学典礼上。几千人的会场，穹顶像锅盖，笼罩住一片嗡嗡的喧哗声。我们学院的位置在中后排，大家在辅导员引领下鱼贯而入，由于都是陌生人，也没什么位置好挑，轮到哪里坐哪里。

阿紫就坐在我旁边，小小的个子，丑丑的样子。

新生们高考前都是来自各地的尖子生。自矜、审慎，有自知之明，对陌生人好奇但无法坦荡放下架子主动结交，偶然四目相对的结果往往是尴尬地避开。

我倒是得天独厚。那个暑假我把胳膊摔骨折了，开学典礼时还打着显眼的石膏，给每个遇见我的人提供了现成的话题："你没事吧？"——至少我收获的大部分问候都是这样的开场白，可阿紫不是。

我余光注意到她看向我，于是转过去想对她微笑，她却迅速把脸转开了。这套动作循环多次之后我不耐烦了，决定率先开口说"你好"，她突然怯怯地说："我叫阿紫。"

说完这句话，她很明显地松了一口气，像是死过了一回似的。

我们聊了很多常规话题：你是哪里人，我是哪里人；哦，你们高中我有听说过，很厉害的；你在哪个宿舍，宿舍里都有谁；选课系统好难用，对了你选修课选了哪几门，意愿点是怎么分配的……

我那时社交能力很普通，只能维持谈话继续，一旦有断掉的预兆便连忙拽出一个新话题，另起一行。而理解她的普通话实在有点困难，我却不好意思把她的每句话都重新问一遍，于是不懂装懂，一律点头，好几次连她的提问也用点头作答。

明明疲倦，我还是忍不住一直起话题，因为阿紫的眼神带着一种期盼。无论多无聊的话，她都笑得很真，戴着牙套所以习惯性地单手捂嘴，只露出一双眼睛，在厚厚的镜片后面弯弯地眯起来，在我绞尽脑汁时眨巴眨巴的，好像两只等待投喂的小动物。

她给我一种非常奇怪的感觉，似乎这场对话证明了她的某种能力，甚至是一个巨大的人生突破。

阿紫是家乡小县城的高考状元，和奶奶相依为命。她讲完这句就严阵以待，似乎盘算好了我会问起她的父母。

我生硬地转去聊热门体育课选课竞争有多激烈，直到单口相声无以为继，趁着主席台调试话筒发出尖锐噪音的空当，赶紧装作低头查看手机短信。

她忽然问："你会不会觉得我的名字很土？"

我可能是太累了，有些话一时没拦住："很像小学数学课本里面的人名啊。"

就是那些分苹果分蛋糕集体去植树的小朋友的名字。

她琢磨了两秒钟："那就是很土。"

我赶紧补救："没有没有，我的意思是说你的名字很可爱。"

这时我才用余光扫了一下她的打扮：浅黄色衬衫，奇怪的花裙，黑色凉鞋，可是里面却穿了一双肉色短袜，在脚踝那里勒出两个明显的圈。

是有点土。可越是这样我越要对她小心而热情，或许是对心中一闪而过的刻薄做出弥补。

阿紫听到我说她可爱，低下头很羞涩很纯真地笑了。当真了。

就在这时坐在阿紫旁边的男生探头过来，很大方地打招呼："你们好，我是台湾的，宿舍里几个哥们都叫我小台湾，认识一下，留个号码吧？"

阿紫的脸瞬间红透了，报号码错了好几次，小台湾看她的眼神已经有点怪了，我在旁边解围，问她："阿紫，你这是新换的号码对吧？我和你一样，也有点背不下来。"

她抬头看了我一眼。

小台湾要完电话后还跟我们闲扯了好几句。他是我羡慕的那种人，和陌生人明明什么都没说，却让你觉得放松亲切。

所以也很容易让人误会。

冗长的开学典礼我已经记不得多少了，进门前发给我的校徽在退场的时候就被我弄丢了。我拎起书包转身随着人群往外涌，阿紫拉了我一下，问我要不要一起回宿舍楼。我说我还打着石膏呢，现在住在外面的酒店。

她讶异地捂住嘴："你怎么还打着石膏？"

这是不是证明了阿紫从来不会打量和审视别人？但我当时没总结出来这个纯真的优点，我只觉得她眼睛有问题。

说来有趣，我和她在会场外匆匆道别，没走出几步就想起自己还真得回一趟宿舍楼拿东西，于是转身折返。

正巧在楼门口撞上在树后呆立的阿紫。

我本能地顺着她的目光所向看过去，哦，小台湾正亲昵地搂着一个姑娘，在一楼的窗子外笑着说话。

"你怎么了？"我问阿紫。

阿紫像受惊吓的兔子一样转过来，看了我一眼，脸又"腾"地红了，话都没说一句就转身疯跑进了宿舍楼。

我自然站在原地联想了一番她慌张的理由。难道她跟小台湾是旧识？暗恋？世仇？

但是当我在迎新生的文艺汇演中再次神奇地和她坐到了一起时，我假装那天什么都没发生。我讨厌窥探的人，自然不希望成为其中一员。

阿紫却憋了一个小时，在演出结束才突然问我，台湾男生是不是都"那个样子"。

"哪个样子？"我不解。

"就是有女朋友了还能跟别人勾勾搭搭的。"她话越说越小声。

饶是我自认机智，也被震惊了。

"他怎么跟你勾搭了？"

阿紫又不蠢，一听我的语气就知道我在想什么。恐怕她也意识到热情搭讪和要手机号这件事情可能在除她以外的人心中真的算不上"勾勾搭搭"，所以说不出话了。

我俩跟着退场观众一起慢吞吞往外挪动，阿紫忽然哭了。

"你别笑我好吗？"阿紫说。

夏末的晚上，校园里暑气不散，头顶上是昏黄的路灯，我们从光圈走进阴影里，又从阴影踏入光圈中。

阿紫一路都在跟我讲着她自己的故事。

没什么特别，大概就是父母离异，从小和奶奶一起生活。小县城民风淳朴又传统，她只知道好好学习，也知道自己长得不好看，所以更加好好学习，皇天不负有心人，她成了当地的骄傲。

但是也只骄傲了一个暑假。

阿紫并没有被这个校园吓到。她早知道大学校园里会有很多外形出众、见识广博的同学，他们会发现她的土气与局促，也可能，到最后都没发现还有她这么一个人。

然而我听了这番剖白却完全不知道应该说什么。我记得那天是 9 月 10 号，我们甚至都没有正式开始上大学的第一堂课，而这只是我第二次见到阿紫，我对她毫无兴趣。

太突兀了，她让我有点害怕和无奈。

这不妨碍我做一个最好的倾听者，不嘲笑也不违心认同，只是听着就好了。

可她讲完之后，忽然说："你也把你的故事讲给我听吧，这样我们就是好朋友了。"

即使她不这样说，我也在盘算着要怎样讲些无关紧要的糗事和担忧作为交换。

这样的苦恼太多了。英语分级考试明明白白地告诉了我未来同学们究竟有多优秀；学院内按成绩分专业注定一年后竞争激烈；也或许还可以聊些更私密的，比如我暗恋好几年的高中同学，统统告诉她都没关系，反正她永远不会认识他……

然而，当阿紫在路灯下用那双并不好看却格外澄澈的眼睛看着我的时候，我却做不到了。

不少熟人曾评价我"虚伪圆滑"，但那天晚上，我却看着阿紫，说："我不想讲，我想走了。"

我没办法对她撒谎。关于好朋友这件事，她是认真的，她对你的每句话都当真，所以不要骗她。

未来总归会有很多人欺骗这个小镇姑娘，但这个人不应该是我。

道别的时候，阿紫忽然问："你能不能给我推荐几个歌手？"

"歌手？"

"就是大家都会听的，很火的那种。我奶奶不让我看那些乌七八糟的东西，但是我觉得到现在我还什么都不知道，一定会被别人笑。"

我说了一长串名字：梁静茹、周杰伦、陈奕迅、林俊杰、王菲、孙燕姿、张惠妹、林忆莲……我也不知道她记住了几个。

回到酒店之后我想了想，把这些名字全都通过短信发给了她。她回答说，谢谢，今天对不起了，我是不是吓到你了。

我没回。

之后我拆了石膏，开始进行艰难的复健，也搬回了宿舍。端着一盆衣服路过阿紫的宿舍，我听到屋里传来很大的音乐声，公放着梁静茹的《丝路》。

半个多小时后我洗完衣服，再次经过她的宿舍，里面还在放《丝路》。

我略略停了一会儿，门忽然开了，露出她室友的不耐烦的脸。

"啊呀，是你啊，你跟阿紫关系不错对吧？"室友没头没脑地问，还没等我回答就继续高声抱怨起来，"你能不能让她别放这首歌了？都放了三天了，有机会就放，她觉得好听，也不至于这样吧？"

这边阿紫赶紧把电脑关了，特别不好意思地看着我俩笑。室友也没给她面子，拎起包就走了，只剩下我俩面面相觑。

阿紫说："谢谢你的推荐啊，梁静茹的歌真好听。"

校园里偶遇过几次，都是匆匆别过，没说几句话。

大学一年级下学期，双学位申请流程刚刚对我们开放，几乎每个人都挑了一个专业报名。我报了心理学双学位，需要给过往成绩单盖章，于是在打印室排队。阿紫推门进来，还有点怯怯的，每每看到熟人都会弯起眼睛捂嘴笑。

她对报名流程始终很糊涂，我和她一起从打印室走去教务处，经过学院旧楼侧面那条很美的林荫路。

我到今天也不知道那条路上栽的究竟是什么树，树影斑驳，平日是很美的，一到春天嫩叶发芽，便有许多一两毫米粗的细长肉虫悬着一根根细细的丝从树上垂下来，堪堪悬在行人头顶上方，一阵风过便扑簌簌地落下。

那是我们在这个校园里度过的第一个春天。我正和阿紫说着话，突然看见她肩膀上扭动着一只虫子，本能地伸手打掉，然后眼见着虫子悬着丝，打了个旋儿落在地上，这才发现，地上密密麻麻铺着"白线"，一脚踩下去，哔哔啵啵的。

我们一齐尖叫着，用文件袋捂着头，大步跑到林荫路的尽头，终于站到没有遮蔽的阳光下，劫后余生般地喘粗气大笑，像发怒的斗牛一样在路面上蹭鞋底。

也就是在我们帮彼此检查衣服和头发有没有粘上虫子的时候，我发现阿紫没有再穿肉色短袜了。

教务处的老师本就不苟言笑，我这种成绩平庸的学生一进屋，脊梁骨就矮下去一截，草草办完手续，站到一旁等阿紫。

然后目睹了她的材料被甩出窗口。

她的材料没办齐全，还有一项硬性指标不够格，是没办法申请的。老师们也都很忙，阿紫和我都并不值得她们大动肝火，甩材料恐怕也不是故意的——然而它就是这么从窗口掉了下来，自尊心散了一地。

阿紫小跑着捡起材料，憋着通红的脸一张张夹回文件袋里，我连忙对她说："去吃饭吧。"

后来当然没吃。那时候下午三四点，不晌不夜，我也是口不择言。

我知道阿紫报的双学位是法语辅修，于是和她说："语言自学就好了啊，和老师教的也没差，咱们学校的辅修说不定还不如新东方呢。"

阿紫还是轻轻地、那么认真地说："这是不可能的。"

对于礼貌性的安慰，她不是轻信就是否定，从不会笑着说谢谢。

回宿舍时候我们决定换一条路。

阿紫抱着材料，恋恋回望着那条美丽而恐怖的路，说："咱们刚刚跑得像电影一样。"

十八九岁的年纪，有爱恨情仇，一举一动都被摄像机追着，哭笑都漂亮，音乐起的时候，莫名其妙就奔跑。

应该是这样的吧，说不清楚具体是哪一部，但一定有一部。

隔了几天，我赶在洗衣房关门前才去拿放置了两天的衣服，低头一闻都快有馊味了，连忙往楼上跑，试图赶在熄灯前将衣服都晾好。

在一楼才上了几级台阶，我就听到了阿紫的声音。一二层之间拐角的平台上，阿紫正讲着电话，两只细细的胳膊挂在窗台边，一只手捧电话一只手捧脸，身体重心偏移着一只腿，另一只则翘起来，一晃一晃的，拖鞋啪嗒啪嗒敲着脚底板。

我第一次见到阿紫这么自信又畅快地和一个人讲话，身上沐浴着人生导师才有的霞光。

我拎着两个塑料桶，低着头从她身后挤过，倒是她拍了我肩膀一下和我打招呼，然后对着话筒那边轻声解释，她说着家乡话，语气我能听出个大概："能想到的我都讲到了，复习加油，我碰见同学了，得挂了。"

阿紫结束这一段对话的方式，比我拒绝她的那一次要高明。

半干的床单还是有点重的，阿紫帮我拎了一桶，我调侃她是不是给男朋友打电话，阿紫连摇头都很认真，眼镜都歪了。

"我们高中的学弟也要考光华，班主任让我多给他介绍一下。"

"你是你们家乡最优秀的学生了吧，家里人和班主任都骄傲死了。"

"暑假我还要回学校作报告。"阿紫干巴巴地说，却也没压住喜悦，还是弯起眼睛，捂住嘴。

我们已经走回了西侧二楼，我要把桶从她手里接过来，发现阿紫低着头。她短暂的开心好像被阴凉狭长的走廊吸干了。

"学弟和老师在电话里一直夸我上高中时有多优秀，我在咱们这边听着难受，就去了那半边听。"

洗衣房在东侧楼的一层，我们院女生住在西侧楼的二层，两边向来是各走各的楼梯。阿紫远离了现在的同学，特意跑去空旷的洗衣房楼上，那些来自过去的热情赞美才终于不再刺耳。

阿紫并没像她所担心的那样引起别人的嘲笑和议论。大学四年过去了，有些男生还不知道她是谁。

我总会格外注意她一些。发现阿紫的变化是在大一暑假军训的时候，我们分到同一个班。训练间歇，她总会从迷彩服口袋掏出一个东西"扑哧"地喷一下脸。

大家在树荫下躲避毒辣的日头，有女生带着笑说起，阿紫从屈臣氏买了好多十块钱一瓶的玫瑰喷雾，每五分钟喷一次，"特别注意保养"。

阿紫真的不好看，所以女生这样一说，大家都没法接。我生硬地插话，说自己涂防晒时候顾脸不顾脖子导致晒黑了，好心疼……话题勉强转了方向。

让我惊讶的是当天傍晚发生的事情。

同级有一位很有争议的姑娘，很漂亮也很洒脱。她是军训教官们很喜欢捉弄的对象——故意让她站军姿，故意对她呼来喝去，她也不示弱，很敢讲话，每次都顶回去，教官们也并不真的对她生气。

自然有女生背地里看不顺眼。

吃晚饭前大家例行排成队列在食堂前站军姿，饿着肚子齐唱了好几遍《团结就是力量》，教官却迟迟不放行，又笑着训斥那个漂亮女生站没站相。漂亮女生还没开口，另一个女生插话道："饿得都站不直了嘛。"

声音不算好听，撒娇也没成功。

是阿紫。

教官自然没有理睬阿紫，反而瞪了她一眼。当天夜里卧谈，大家有了新的谈资。

那又是一个九月。康庄军训基地的夜晚有密集的蝉声，我睡在靠窗的下铺，月光正好，想起了一年前的阿紫。

大学三年级我做交换生去了东京，回来的时候已经是毕业季。商学院的同学们大学三年级为了 summer intern（暑期实习）厮杀，大学四年级为了保研厮杀，还有些人攥着保研资格却还偷偷参加投行的校招，更是要被所有人声讨……大家每天都有投不完的简历、去不够的面试，疲于奔命，居然还有时间将个人恩怨四处传播。

我试图问起过，他们说，好像没有阿紫的消息。当然还有另一部分人问，阿紫是谁。

毕业前的某个晚上我到南门外吃烤串，看到了她。

吊带裙，牙套也摘下来了，亮晶晶的唇蜜微微闪烁，耳垂上挂着大大的银耳环。她牵着老外男朋友的手，亲昵地走进了校园。

我们说了几句话。她喝了酒，讲话没有寒暄，直奔主题。

然后我看着他们从路灯的光环之下消失在门内的黑

暗中。

倏忽间我眼前飘过那个对我说话的穿着肉色短袜的阿紫。

大学四年我和很多人都有了交集，恩怨情仇也有，零碎的笑话段子更多，脑海中关于阿紫的画面，竟然依旧是那短短的几面。

我们学院的人对她谈不上多友善，而她也渐渐淡出大家的视野，似乎早就有了另一种人生。

那个怯怯的姑娘曾经怯怯地分享人生，怯怯地交换友情；也曾经拙劣地改变自己的外貌，拙劣地模仿某种风情。现在我看到了路灯下她神采飞扬的笑容，再也不用捂着自己的嘴巴。

她靠着干巴巴的成绩考进这个校园，企望索取的却是一种丰富的人生。过程也许不那么顺利，可她得到了。

这是一个我喜欢的故事，虽然也许连故事都算不上。

真实的生活中被留下来的不过是几个瞬间，有时候甚至没头没尾。有一个瞬间里，阿紫站在路灯下，牵着她男友的手说，快毕业了，她一直想要谢谢我。

谢谢我在小台湾要电话的时候帮紧张无措的她解围，就因为这个，她想要和我交个朋友。

这其实就是随口一说，没多大善意，只是社交，真的只是社交。

但我没跟她这么说，因为我相信现在的阿紫，一定明白的。

最佳损友

我们是朋友，还是至交?

我特别喜欢一部动画片，名叫《草莓棉花糖》。

　　动画片很简单，讲述一个二十岁的日本大专生姐姐和四个十岁左右的小妹妹的日常生活——极为日常，吃喝拉撒，几乎没有连片的剧情桥段。

　　一天，名叫美羽的淘气小孩忽然为一个词执着起来了。她一遍遍地问自己的好友千佳："我们是朋友，还是至交？"

　　日语中"友達"便是朋友，老外口中的 Friends，实在是个亲切又没什么意义的词，全天下不是仇人的都可以被称为朋友。我第一天到日本，第一天认识了室友，半小时后我让她帮忙买个东西，她阻止我道谢，说有什么的，We are friends。快得我都反应不过来。

"至交"这个说法直接用作中文总有些文绉绉，姑且理解为"挚友"吧，或者，最好的朋友。

这么说还是怪怪的。

恐怕是我自己的问题。我对"最好的朋友"这五个字有点过敏。

总之，朋友还是挚友，其他人都不关心的问题，却让美羽执着万分，用尽各种手段来秀默契秀友情，只为了证明一件事。

"我们最好。我和她比她和别人好。我们之间比别人之间好。我不是普通朋友，是至交，是最好的、唯一最好的朋友。最好最好。"

所有人都觉得她莫名其妙。我却在那一刻，很想拥抱这个小孩。

小学作文的命题里往往藏着恶意，比如《我最好的朋友》。

那天老师站在讲台前，让我们一个个站起来念作文。一个关系很好的女孩子写的是我。当老师点名点到我的时候，我觉得世界末日降临了。

因为我写的不是她。

好笑的是，我写的人，写的也不是我。

这种事现在讲起来可以作为温馨好笑的怀旧段子，但在我们还认真秉持"你跟她好就别跟我好了"这种社交原则的年纪里，这种事故是爆炸级的。

下课时我跑去找那个写我的女生，她抬头对我说的第一句话就是，没关系的。

我却更难过了。

所以很久之后当我认识了L，我从没在她面前问过"我们是不是最好的朋友"这种愚蠢的问题。

虽然我刚认识她的时候还是犯了蠢。和她聊天聊到大半夜才结伴回宿舍楼，几个小时的时间对我们来说实在不够用——表面上，我们都如此善于表达，从宏观世界观到八卦时评，从成长经历到未来理想，关于"我"这个话题有太多想告诉对方的；但内在里，我们都是戒备的人，展露五分的真诚，也藏起五分的阴暗真相。

极为愉快，也极为疲惫。

我进了自己的房间，想了想，还是头脑一热发了一条好长好长的、热情洋溢的短信，比我们的聊天还要诚实三分。只是结尾处，矫情地来了一句："可能我们睡醒了，清醒了，第二天就恢复普通同学的状态，自我保护。但是今晚我是把你当朋友的。"

在电脑前打下这句矫情丢脸的结束语时，我用了十分的勇气。

我们那个年纪早就经历了太多诸如命题作文事件的洗礼，懂得不要先袒露真诚，就像两只狗相遇，谁也不愿意先躺在地上露出肚皮示弱。

我和编辑曾经聊过，他说所有人物里写自己最难。

我说是啊，很难不撒谎，避重就轻都算不错的了。毕竟笔在我手里，何必跟自己过不去。

所以诚实和勇敢这两个词总是连在一起说。

那条短信我不记得她是否回复了，这足以证明，即使她有回复，也一定挺冷淡的，否则我不至于自动抹掉了这段记忆。

许久之后她主动提起这件事，我才知道其实她挺感动的，但也的确觉得我脑子有问题。L诚实地说，就是因为这条脑子有病的短信，让她有了安全感，所以愿意亲近我，尝试着做真正的朋友。

第一只狗露出了肚皮，第二只狗决定不去咬它了，大家可以一起玩。

L有很多朋友。她是个内心骄傲的人，聪明又有见地；可以在优等生济济一堂的选举现场忽然举手说"我即兴来一段竞选词吧！我想选团支书"；也可以在当选之后天天宅在宿舍里不出门，丝毫没有活跃分子的自觉；可以轻而易举地让周围人都围着她转，却并不用心维护人缘。

当她不喜的姑娘站在宿舍门口对她说"好想找人聊天啊"，她说："别找我。"

然后关宿舍门。

谁都说她好，依然。

相比之下，在和人交往方面，我简直就是个孬种。如果哪个姑娘站在我的门口，我可能会堆上一脸假笑，聊得对方内心熨帖花枝乱颤，耽误自己一堆正事，终于熬走了瘟神之后，才敢跑到 L 面前一通咆哮——咆哮时也不会忘了注意保持音量，维护四邻公德。

每每此时，L 都会低垂着眼皮，冷笑一下。

于是我渐渐很少再在她面前展露这老好人的一面了。做朋友需要对等的实力，我不希望自己总像个弱鸡一样。我很喜欢的朋友在内心也许是鄙视我的——这种怀疑让我十分难受。

我不想表现得太在乎她。大学里我和她最好，但她和许多人都很好。校内网早期页面的右侧边栏有一个模块叫"特别好友"，一开始只有四个名额，后来扩充到六个。

有一个是我。

描述自己的朋友是很难的，描述友情则更难，因为这是全天下人人都拥有的东西，至少是自以为拥有。

人人都觉得自己的那份最特别，别人的也就那么回事，不用说我们都懂，懒得听。

所以你一定会懂，一群人中只有你们总抓到同样的槽点和笑点，在别人都被演讲嘉宾煽动起来的时候你们相视一笑，说："糊弄谁呢，这点水平不够看。"

而且一切出自真心，同步率差一秒都有违心附和的嫌疑，我们一秒不差。

我们曾经一起抄了一学期的作业，大家高中时都是尖子生，在竞争激烈的精英学院里却沦落到借作业抄，尊严和智商双重受辱，偏偏只能装作嘻嘻哈哈的样子，好像一点都不介意这三十年河西的境况。

L问我："是否越是曾经风光的人，一旦堕落就比别人更狠、更不知回头？"我说："是啊，阻挡我们回头的反而是骄傲和虚荣，我们曾经鄙视那些把'我很聪明只是不努力'当作挡箭牌的学生，没想到自己却也成了这种人。"

她说："还好有你。"

下坠的旅程里，还好有彼此。

我们在 24 小时麦当劳坐到天亮，我第一次和她说"高数不行咱们就一起写小说"，她说"好啊，我把它做成电影"——白日梦一样的事情却让我们如此兴奋，秘密筹划了一夜的人物设定和剧情走向，连可能获什么奖都计划好了，毕竟，商业路线和艺术路线是不同的嘛。

类似这个电影梦一样幼稚得没脸再提的宏伟计划，我和她有过一箩筐。时至今日想起来都脸红，但仍然热血沸腾。

天亮起来，我们又买了最后两杯咖啡，她说："去看日出吧！"

我们沿着马路往前走，走了足足有五分钟，我才说："楼太多了，咱们是走不到地平线的。"

"可不是？"L 说，"今天还阴天。"

沉默了一会儿，空旷的街道上只有我们俩的大笑声。

我们有太多这样的瞬间。

冬天夏天我们都看过流星雨，在学校的静园草坪上。夏天时候风凉，就躺着看，每隔五分钟全身喷一遍防蚊花露水，身下铺的是《南方周末》，纸张又大又结实；冬天北京寒风凛冽，我们穿羽绒服，外面还披着雨衣，因为聪明的 L 说这样挡风——而且根据她的建议我拎了暖水瓶和一袋子零食，在草坪上冻得直哆嗦的时候我们就地开始泡奶茶喝，被旁边所有一起来看流星雨的陌生情侣当作活体 ET。

宿舍楼过 11 点断电断网，我们一起跑到有 Wi-Fi 的餐馆用笔记本电脑看电影，《百人斩少女》最后一幕小田切让披头散发穿着粉袍子从屏幕右侧飘入画面的时候我们笑得打翻了咖啡。

回学校的时候已经凌晨 3 点，宽阔的海淀桥底红绿灯交错，一辆车都没有。我忽然和她说起，小时候看机器猫，有一集大家都被缩小了，在大雄家的院子里建了一个迷你城市，每个人都有不同的愿望，不要钱的铜锣烧商店、站着看漫画也不会被老板赶走的书店……只有一个小配角，四仰八叉地往十字路口一躺，说，终于可以躺在大马路上了。

有时候人的愿望就这么简单，只要这样就好。我犯愁的高薪工作，她希冀的常春藤，都比不上这样一个愿望。

她说："现在就躺吧。"

我们就这样一起冲到了空旷的马路中间，趁着红灯仰面躺倒。

那是和躺在地板上、床上、沙发上都不一样的感受。最最危险的地方，我却感受到了难以形容的踏实。只有柏油路才能给你的踏实，只有这个朋友在乎你、懂你才能给予的踏实。

我想问，我是你最好的朋友吗？

当然没有问。我怎么能毁了这么好的时刻？

新中国成立 60 周年庆典前，长安街因为彩排时常封路。我的姨父在机关工作，送给我两张《复兴之路》的门票，我们一起去人民大会堂看，结束时候已经 11 点，地铁停运，长安街空无一人，打不到车。

她说："那就走走吧，走过这一段，到前面去碰碰运气。"

午夜的长安街只有我们俩，偶尔经过小路口才能看到两辆警车。我们饿得发慌，狂追下班小贩的自行车，终于拦下来，拔掉泡沫插板上最后两串糖葫芦，边走边吃。

我说："你听过那首歌吧，《最佳损友》。我们不要变得像歌词里面写的那样。"

她说她听歌从来不注意歌词。

也许是我乌鸦嘴，在那之后我们的关系变得很别扭。

我说过，L是个内心骄傲的人。我也一样不是真的甘心堕落。

即使抄作业混日子，该有的履历我们一样不缺，稍微粉饰一下，成绩单、实习资历还是很拿得出手。她开始闭关准备出国需要的PS（个人陈述）和推荐信，我穿上一步裙高跟鞋去参加各种面试。

多奇怪，曾经那么多脑残又丢脸的事情都能结伴做，忙起正经事却变得格外生疏。我问她申请进度，她一边忙碌一边说就那样呗；她问我小说交稿了吗，我说瞎写着玩儿的还真指望能出版吗……我们之间并没有什么竞争关系，无论是未来的方向还是心仪的男生，都差了十万八千里。我们不妒忌彼此。

所以我至今想不通。难道说我们只是酒肉朋友，一触及对方内心真正的禁区，就立刻出局？

我小心翼翼地把出的第一本书送给她，一边装作送的只是和脑白金一样不会被打开的应节礼品，一边内心却很希望得到她的认可。她只是说："哟，出了？"就放进了柜子里。

好久不一起吃饭，忽然她蹦到我面前说"我拿到 ×校的录取通知了，奖学金还在路上"，我也没给出应有的欢呼雀跃和祝福，居然笑得很勉强，勉强得像是见不得人好似的。

可我们到底有什么仇呢？

我不曾避重就轻，我实在不知道。如果真有什么阴暗的秘密怨恨，恐怕也不至于耿耿于怀至今日。

临毕业前她遇到了一些麻烦，毕业典礼都没参加，就飞去英国了。

我没有告诉过她，为她这点麻烦，我也去做过努力。我们之间没那么肉麻恶心。

L 发给我的最后一条短信是，毕业快乐。

如果你觉得这个故事的结尾断得莫名其妙，那我想你明白了我的感受。

　　校园女生需要朋友更像是草原上的动物需要族群，并非渴求友情，只是不想被孤立，所以哪怕不喜欢这个朋友也忍让着过日子，久而久之有了点感情，回忆时候一抹眼泪，都能拥抱着说友谊万岁。

　　我一直说我和 L 是不同的。我们没有凑合。就像美羽气急败坏地强调，她们是至交，至交。

　　于是连人家的十年重聚首，朋友一生一起走都无法拥有。

　　当我离开了校园，也就没有了寻找族群的需求。成年人不必总是掏心掏肺，也没有人想要抚摸你的肚皮，天大的委屈只要睡一觉就能过去，咬牙走呗，走到后来即使谁问起都懒得梳理前因后果了。

　　谢天谢地，毕业时我才失去她，这样会好受很多。

　　福岛地震的那天，我终于收到她的邮件，她以为我又回到日本留学去了，问我是否安全。

　　她是多不关心我才能记错我的去向，又是多记挂才会这么急切。

千言万语哽在胸口。我们聊了几句，早已没有当年的默契。太多话需要背景介绍，我们都懒得说太多。

这次，两只"狗"都没有露出她们的肚皮。

昨天走在路上又听到这首歌：

从前共你促膝把酒

倾通宵都不够

我有痛快过，你有没有

L，你有吗？

"千佳，我们是至交吗？是吗是吗，是吗？"

反正在动画片里，千佳最后被烦得不行，斜着眼睛看美羽说。

"算吧。"

水晶

直到有一天，他们发现，
原来大家并不"平等"。

我从小妒忌世界上所有数学好的人。

被奥数折磨过的小孩往往都经历过一个自我怀疑的时期。成年人总是喜欢用"人人生而平等"来哄骗小孩子，小孩子又把这句本来用于阐释人权的名言理解到了天赋方面。直到有一天，他们发现，原来大家并不"平等"。同样圆圆的脑壳里发生着不同的风暴，我绞尽脑汁无法理解的鸡兔同笼，在某些人眼中像解开鞋带一样容易。

我第一次想要问"凭什么"，差点忘记了曾经我自己春风得意时，也一定有人对着天空默默地问，凭什么。

以前有个朋友说过，她觉得这世界上只有两种东西值得被妒忌：智商和美貌。因为这是老天给的，出生前无法选择。大富之家会落魄，爱你的人会离去，只有与身体有关的资本一直完全属于你。

在学生时代，我们在审美上往往是蒙昧的，所以更容易引起注意的是成绩。但做过尖子生的人都知道，在尖子生的世界里，也有等级划分。你见过的所有"假装自己并不努力"的尖子生，内心都有一个最深沉的向往，那就是成为一个聪明的人。

努力本是可贵的优点，但是在肤浅的年纪里，它是我们伪装天才道路上最大的绊脚石。

伪装天才曾经是我的好戏码，甚至一度骗到了真正的天才。

初二的时候我渐渐和班里的一对好朋友玩到了一起，两人结伴变成三人同行。那时候《流星花园》风靡全校，大家给这对姐妹花分别起名为大S和小S。

大S数学很好，小S人缘很好。我自然是先和小S

成为朋友的，即使后来变成了三人行，中心人物也永远是小S。没有她，我和大S就只能围绕着边角料说些不咸不淡的话，但是如果小S在场，我和大S就能互开玩笑，聊天打闹，像是真的朋友一样。

回头想想，真是奇怪的关系。

在我几乎快把初中同学忘光了的今天，一闭上眼睛，仍然能清晰记得大S的样子。我们初中的校服难看得无以复加，肥大的藏蓝色上衣，红棕色西服领，难以想象的撞色，丧心病狂的款式，穿在她身上，却丑得很柔和。她并不算美人，却连这种校服都能够驾驭。也许因为她总是脸色苍白，下巴尖尖，狭长的丹凤眼没有过多情绪，开怀的时候也不会流露笑意；鼻翼两侧有些淡淡的雀斑，却因此透着一股机灵劲，像刻板化的美国青少年电影里最聪明的那个，总是长着一点雀斑，仿佛智商满溢，洇透了面皮。

记忆里比她的外貌更清晰的是一个画面。我们三个前一秒刚因为一个八卦而哈哈大笑，小S忽然说要去买支水笔，转身跑进了文具店，而我和大S就这样默默地站在原地等她。一阵风吹过来，笑声被吹散，我们并排站着，看向不同的方向，中间总是隔着一大段距离。

学生时代我远没有现在这样自我，所以很害怕冷场，在各种朋友圈子里都尽职地扮演着谐星，从不曾像面对大S一样，别扭、尴尬、无言以对。

大S拥有很聪明很冷静的头脑，写一手漂亮的连笔字，数学成绩总徘徊在满分档。她是个腼腆的人，我不是，所以这沉默多半是我的错。

时至今日我终于能轻松地承认，我妒忌她。

这看上去是没道理的。在学生时代最简单粗暴的比较体系里，我是班里的第一名，比也是和紧咬着我的第二名去比较，还轮不到大S；性格上我比她开朗活泼，人缘也更好；如果我说我羡慕乃至妒忌她，连大S自己也会和其他同学一起说，我这只是在假谦虚，不地道。

所以这反倒给了我一个机会轻轻松松地掩饰自己的妒忌和敌意——我干吗眼红你呢？我没必要嘛。

可是妒忌还是滋生了。在数学课的教室里，在老师抛出一道高难几何题并殷殷期待地巡视全班时，在我担惊受怕地低下头而大S被点名时，在她随随便便用了几种解法时……妒忌就这样生根。

然后每天汲取营养茁壮成长——有时候用她的聪慧，有时候用我的笨拙。

数学老师总是喜欢拿我们作比较，当着班级同学的面或办公室里只有我和她的情况下，无时无刻不。她被夸奖了很多方面，而我只得一个字，稳。

稳就是笨，细心的笨。

我的虚荣心总是以各种面目搅乱我的生活，它时常伪装成上进心，在耳边悄悄地、不怀好意地提醒我：大家都觉得你只是努力，其实你不如她，你可怎么办？

我原应是个春风得意、心高气傲的第一名，却在内心被一个隐藏的黑马追赶得灰头土脸。

更糟糕的是，我短暂地喜欢过一个高高的男生，皮肤很白，笑起来带着一股邪气，对谁都嬉皮笑脸吊儿郎当，对谁都薄情寡义翻脸不认账，女朋友众多，从未长久，唯独对着大 S，有种奇怪的耐心和温柔。

他们是同桌。

你看，我有这么多理由恨她。

但是我"良知未泯"，所以我有更多的理由，告诉自己，你这是在无理取闹。

所以我把所有燃着暗火的情绪都摁灭在了道德的海洋里，逼迫自己好好面对她，不敢流露一丝真实的阴霾。

朋友就这样以奇怪的方式做了下去。

也有过短暂温馨的瞬间。

初二下学期的春季运动会，我们一起跑400米，我们两个都是小组倒数，但好歹没有垫底。小S体贴地拉着我们跑圈散步至心跳平稳，之后我们三个就再也没回到班级方阵去，而是偷偷溜到体育场外的花坛边，坐在树荫下聊天。中途小S又跑去买水，就这么剩下了我和大S。

沉默中，她突然没头没脑地开口，说："一起唱歌吧。"

我还没反应过来，她就开始哼起来了。是徐怀钰和任贤齐的《水晶》，很老的歌曲，旋律和歌词都很清新甜蜜。大S自己一个人唱对唱，万分认真。她的嗓音和徐怀钰不同，是一种略带清冷的沙哑，所以一首甜蜜到腻人的歌被她唱得很清新，很温柔。

我大概知道她为什么忽然这么开心。跑400米时，她的同桌溜了出来，站在跑道内的草坪上为她喊加油。

她唱完就朝我不好意思地笑了一下。

笑得我心虚不已。我龌龊的心思像是突然暴露在光天化日之下，被曝晒得干干净净。我也朝她笑了，说："唱得真好听。"

从今天开始，也许能够真的做朋友了吧，我想。

然而就在几天之后，我们一起被数学老师抓去参加希望杯奥林匹克竞赛，考点在外校。

我放下了包袱，倒是很轻松，心知自己注定是重在参与了。数学老师的希望在大S身上，我们都知道。

进考场前，大S说她紧张，我笑着鼓励她，说："你没问题，你很有天分的，聪明得让我妒忌。"

不知道是不是紧张情绪让她崩盘，这句十二万分真诚的、剖白内心的话，竟被她冷冷地打了回来。

她从来都对我客客气气的，那天却讥讽地笑着说："我爸说过，有些人就是放屁带沙子，连挖苦带讽刺。"

说完之后她自己也尴尬了。我没有还击，但也没有解释或者圆场。我们就肩并肩，僵硬地随着人潮涌入考场。

谁也没进复赛。但只有她让数学老师失望了。

小S听说了事情的经过，觉得不可思议，两边说和了很久。对我，她说："大S绝对不是故意的，而你也不要因为她口不择言而生这么大的气。"

我说："问题根本不在这简单的一件事上。"

小S沉默了很长时间，才坐到我旁边说："你都感觉到了？大S的确和我说过，她很讨厌你。她也知道自己不应该妒忌你，可她就是讨厌你。"

原来她们竟然都被我伪装出来的"从不努力学习的永远笑嘻嘻的第一名"的样子骗住了。大S觉得我说自己妒忌她，实际上是一种变相的漂亮话，不过又是在假谦虚，骗取好感而已。

多有趣。我那么讨厌她的时候，行为无可指摘，放下了妒忌心后想要靠近她，却暴露了自己的丑恶嘴脸。

而真正让我释然的，却是小S说，她一直很讨厌你。

我无比感谢她的讨厌，她给了我一枚"被天才视为对手"的荣誉勋章，又给了我一面可以从此光明正大讨厌她的挡箭牌。

我很高兴，我们再也不必做朋友。

韩剧《大长今》里面有个我很喜欢的坏女配，她喜欢了男主角一辈子，男主角喜欢了女主角一辈子。坏女配拥有不输给女主角的天赋和远见，却命运不济，被家族使命紧紧捆绑，做了许多坏事。在大结局里，坏女配被赶出皇宫前，特意向女主角道别，一生的对手就此成王败寇尘埃落定。

我本以为她会说："如果我是你，我得到了×××的爱，我师从×××，我也会拥有和你一样的命运，所以凭什么！"

然而她只是说："这就是我。我不能完整地做一个崔家人，也没有能够坚持自己的想法；没有完整的自信，也没有完整的自卑；没有完整的才能，也没有完整的野心；没有完整的爱，也没有完整的被爱。"

一半拼搏进取，一半乏力回天。

对于自己落败的一生，她没有埋怨，只是诚实地说，我输在不纯粹。

然而这世界上哪里有真正纯粹的人？

当时我那位言情剧爱好者的美国室友看着《大长今》的结局，无比艳羡地说她喜欢女主角长今——clear as crystal。

她拥有一颗水晶般的心。

那么我们呢？我和大S这样的女生，拥有的又是怎样的一颗心？

初中毕业之后，班级同学一起出去溜旱冰，大S中考失利，只过来和班主任打了个招呼，没有参加后面的活动。

我进门的时候她正离开，我们在校门口相遇，都停下了脚步。

和以前无数次单独相处时一样，只有沉默。她用那双冷淡又冷静的眼睛看着我，正午的阳光下，苍白的面孔依旧像一捧清雪。

她对我来说至今是一个谜，正如我对她。

我武断地猜测，我们的存在对彼此来说又都是幸运的吧。成长终归是孤独的，然而在漫长的、和自己较劲的岁月里，幸而我们还有对方，这让那些自怜、自恋、妒忌和困惑，忽然都有了安放的位置。所有的得不到和为什么，都化为了一张具体的脸。

我们有天赋却不安心，够努力却不甘心，永远在担忧，永远在寻找。就像两只井底的蛤蟆，困在小小的格局里，以为只要弄死对方，就是这世界的王。

直到跳出去，淹没在广阔的天地间，时隔多年，突然怀念起那种以为只要赢了一个人就能永远开心的年纪。

然而最好的事情是，我们长大了，我们跳出去了。

我和她这样的女生，都不曾拥有一颗水晶般的心。

可我并不觉得有什么可惜。

最

爱演唱会

你暂时的爱人，暂时地爱你。

和我一起吃过火锅的好朋友都知道，我最喜欢吃的是青笋条。

一定要切成条，青笋片我是不吃的，觉得破坏了纹理和口感。我并不是在饮食方面十分讲究的人，凡事差不多就好，饭菜里挑出头发丝也能平静地扔在一旁继续吃，却曾经为了青笋而一遍遍叮嘱店家务必改刀。

莴苣、莴笋、青笋，是一回事。二三十年前，东北的冬季漫长而单调，家家户户很早就开始储秋菜，在楼下划分出一块块小阵地，晾晒着土豆、白菜、白萝卜和大葱。绿叶菜要去很高档的菜市场买，种类很少，价格贵得令人咋舌。

小时候我就是一边吃着酸菜炒肉一边读《长发公主》的故事。

她并不是公主，只是一对普通夫妇的女儿，母亲怀着她的时候，发疯一般地想要吃莴苣，自家没有，便指使丈夫去巫婆家里偷。几次三番，丈夫到底还是被巫婆抓到了。巫婆说愿意让他把莴苣带走，交换条件是，他们的孩子一出生，必须送给巫婆。丈夫无奈答应了，每天去巫婆家里拿莴苣给妻子，新生的女儿毫无商量地被巫婆锁进了高塔。

身为物资贫乏地带长大的人，我一直是通过书籍和电视汲取二手经验来认识大多数食物的，但看过那么多讲美食的文章，没有一篇比得上这个古老的童话。

莴苣到底有多好吃，让人愿意用亲生女儿来交换？

人生中你会遇见很多朋友，大部分只适合吃吃火锅唱唱歌；很少一部分，会让你想要安静下来，给他们讲讲长发公主的故事。更少的那几个，和你读的是同样版本，和你一样想知道究竟多好吃的莴苣会让人用女儿来换。

大约八年前的深冬，大学南门外一家叫"半分利"的小火锅店，一个广东男生问我要不要吃青笋条。

"涮火锅很好吃的，你是东北的，应该没吃过吧？我小时候读《莴苣姑娘》，她妈为了吃莴笋，连女儿都可以拿出去换——怎么了，你笑什么？"

笑是觉得我们可以成为很好很好的朋友。

然而那是我们最后一次见面。

我第一次见到"莴苣姑娘"是在大二深秋的午夜。

宿舍熄灯早，教学楼关门更早，期中考试前抱佛脚的学生将校园周边关门较晚的餐厅统统挤成了自习室，店家们早就习惯了，索性一过 10 点钟就变身水吧，进门收费 15 块，自己找座，可乐畅饮。

一个高中同学拉着我选了同一门通选课，我们连着三天晚上在餐厅刷夜写小组报告，回宿舍的时候已经过了零点。北京少有这样湿漉漉的天气，冷清的路灯下能嗅到露水的味道。同学忽然用肩膀顶了我一下，努努嘴示意我看前面。

两个男生走在七八米远的前方，一个目测一米八五，另一个和我差不多高，两人都穿着连帽外套，高个子戴着帽子，好像并不想理会身边人。

矮个子浑然不觉，时不时侧过脸和高个子讲话，得不到回应便赌气似的用肩膀去撞他，高个子也不反抗，任由他将自己从左侧人行道推到马路右侧的花坛边，才快走几步拉开距离。

矮个子欢快地小跑几步，再次和他并肩。整套动作重复。

"怎么了？"我问。

"你看不出来那是谁吗？"同学指着高个子。

我依稀认出来他是高中理科班的校友 Z。一个白净的男孩，爱打篮球，和我们选了同一门课，但之前并不认识，一个星期前我刚刚通过了他的校内网好友申请。

眼前的状况一目了然。我们心存不轨，远远跟着他俩在宿舍区穿行，眼见 Z 把同伴送到了 28 楼，不断招手道别，催促男生回去。

那个男孩走了几步，像《东京爱情故事》里的赤名莉香一样再次转身，没料到Z已经大步离开了。腿长的人走路快，他们忽然就隔得非常远。

我第一次见到"莴苣姑娘"的正脸。橙色路灯下，十分平凡的五官，十分生动的失落，很快被他用帽子统统拢在阴影里。

我自己走回宿舍楼门口的时候收到了一条短信。

"你们跟踪我？"

我自己都不记得究竟什么时候和Z交换过电话号码，十分窘迫，刚刚编辑好一段解释和道歉的话，一回头发现Z就站在我背后不远处，笑着问我要不要聊聊天。

毕竟我们是校友，有很多共同认识的朋友可以讲，就这样有一搭没一搭地聊起来。午夜静谧的校园里有无数分岔路可以兜圈子，Z尴尬笨拙地澄清自己并不喜欢男生，我微笑听着，倒映着灯火的湖面被风吹起涟漪。

很自然就熟络起来，渐渐地在课堂上帮彼此占座，偶尔约着一起吃饭。Z和我说起过"莴苣"，用词十分中立克制，说他是广东人，军训时候分到一个宿舍。"莴苣"

很健谈，待他友善热情，甚至拉着他参加他们社团的长途旅行，大家为了省钱，标间的两张床拼到一起挤五个人住，在城楼上玩"真心话大冒险"直到太阳升起来……

"他有点，有点……怪。"Z谨慎地说。

那时候校内网初创，每个用户都是实名。我回到宿舍，忍不住在搜索框输入了"莴苣"的名字，意外地发现他早就向我发出过加好友的申请，差不多就在我通过Z的好友申请的当天夜里。

我大概猜到了是为什么。

我通过了他的申请，一觉醒来，"莴苣"给我的每一篇日志都留了言。

大学二年级的我从没想过自己有天会专职写作，过剩的表达欲都倾泻到了校内日志里，但碍于看日志的都是生活中的同学，我实在羞于描摹自己的真情实感，所以大部分文章都是搞笑的日常段子，偶有伤感也妥当藏好，至多在某些句子里露出一个线头。

"莴苣"准确拽出了每一个线头。

表达欲旺盛的人都渴望被理解，我也不例外，于是没洗脸也没刷牙，也没有故作矜持，老老实实地坐在书桌前，回复他的留言。

和"莴苣"的笔谈很舒服。他敏感却不酸腐，体察得到字里行间和言外之意，却并不会直愣愣地戳破；他很喜欢讲自己的事，细细碎碎，有时候乍一看和日志的内容毫无关联，读着读着，我突然就回忆起在写下这篇搞笑的日常故事之前，我经历了怎样沮丧的心情。

我从前往后一条一条地读，最后一条，自言自语似的，他说，出来唱 K 吧。

就在这时候 Z 给我发短信说有朋友组局去"17 英里"唱歌，你要不要来。

我学生时代一直对 KTV 喜欢不起来，大多数情况都坐在角落给别人鼓掌，一旦被指着说"去点歌啊"就头皮发麻。后来工作了才渐渐明白 KTV 的好玩之处原来是可以喝酒和玩骰子的啊。

但当时我痛快地答应了 Z。不出所料，在包房里第一次正式见到了"莴苣"。

他笑眯眯的，非常自然地过来坐在我身边，好像我是他认识很久的朋友一样，极大地缓解了我的尴尬。包房里大部分的人我都不认识，莴苣催促他们点歌，和他们开玩笑，偶尔因为切了他们的歌而被满场追着打，但最后，一定会坐回我的身边。

他上一秒钟朝唱歌的人喊话"跑调啦"，下一秒突然转过来和我讲，"你初中时候很受欢迎啊"，不等我反应过来，他又朝着场中某个姑娘大喊，"这首你和小周唱，快快快！"

他一直叫 Z 小周，因为觉得他唱周杰伦的歌很好听。

屏幕上出现的是一首粤语歌，谢霆锋的《游乐场》。"莴苣"是广东人，大家自然起哄让他和 Z 合唱。他推托再三，Z 不理他，拿起一支话筒自顾自唱了起来，大家跟着拍手，也不再关心"莴苣"的推辞。我在沙发角落找到了另一支话筒，放到了有些落寞的"莴苣"腿上，他看了我一眼，突然说："我看过你高中在地理杂志上发表的小论文。"

又一次赶在我发问之前，"莴苣"拿起话筒，接上 Z 开始唱第二段。他唱歌并不算好听，勉强不走调而已，何况，他还那么紧张。

他们一人唱一段，没和声，磕磕巴巴将整首歌唱完，"莴苣"自言自语地说："我们第一次合唱。"

Z诧异地看着我们，中途偷偷问我："你们认识？"

我不知道怎么解释，我和"莴苣"甚至都没互相做过自我介绍，无论在网络上还是面对面。然而他已经知道了初中时有追求者给我建了一个专门的、令人羞耻的百度贴吧并在里面写了很多封情书，也知道高中时候我给《地理教育》杂志写过一篇正经的小论文。而我，根本不需要问他为什么在万千校内网友中挑中我的日志来回复，因为我什么都明白。

我想我不是被特别关注的那一个。Z的每一个细微动态所牵连到的女生，"莴苣"应该全部都认识。

"莴苣"约过我一起去看十佳校园歌手的初赛。十佳歌手大赛最好看的就是初赛，只要报名就能参加，所以有千奇百怪的选手，进入复赛之后大家都不跑调了，也就不好玩了。

"莴苣"深以为然。同样的，他也认为新盖起来的二教长得像个骨灰盒。

我曾留心分辨过，这些一拍即合里，究竟有多少刻意迎合的成分。

　　到了现场"莴苣"才告诉我，他今天是代表他们社团来给一个女孩子加油的。他用了大量繁复绚丽的修辞手法来称赞那个女孩子唱歌多么好听，社团旅行时女生和小周的和声多么默契，他们全社团觉得两人是多么天作之合……

　　说话的时候，他眼角一直在瞟着我。

　　我问："她是几号出场？我跟你一起加油吧。"

　　很快，那个女孩出场了，唱宇多田光的 *First Love*。这首歌副歌部分很高，有大量的假音，现场唱起来要么惊艳，要么惨烈。我能听出女孩子平日的确很有实力，然而在校园歌手大赛这种混响严重又没有耳返的简陋舞台上，她不可避免地走调了，鬼哭狼嚎。

　　"莴苣"出神地盯着台上，没有注意到我在观察他，还有他嘴角的笑意。

　　其实我曾经在"莴苣"自己的校内日志里看到过许多次这个女孩的名字。那次唱 K 我也硬被他塞了话筒，十分僵硬地和Z合唱了《今天你要嫁给我》，而这件事出现在"莴苣"日志里的时候，我和Z"频频对视""火花四溅"——就像每一次他描写Z和那个女孩唱歌一样。

台上的女孩知道自己表现不佳，有些尴尬，"莴苣"适时发出鼓励的尖叫声，大声鼓掌，我跟着一起。

等女孩继续唱第二段，他朝我咧咧嘴："太难听了。"

后来我知道Z也在，他们一同去旅行的那群朋友都在现场。那天女孩唱砸了，那天"莴苣"很高兴。

Z约我越来越频繁，我也常常会把通选课的作业借给他抄。"莴苣"依然和我在彼此的日志下面插科打诨，无论短信还是见面都聊得默契投缘。

他有迎合我的成分，我知道。"莴苣"太聪明了，反应迅捷，完全有能力把你抛出的绣球踢出花来。投桃报李，我也会在他并不主动询问的时候，状似无意地讲讲Z在做些什么。

他又开始吹捧起我和小周天作之合，好像已经将那个女孩抛之脑后。

偶尔会有真情流露的时候，他说："小周再也不出来跟我玩了。"但刹那他就继续摆出笑嘻嘻的脸，夸张地伸懒腰说："哎呀，有异性没人性啊！"

每每此时我就不知道说什么。他们之间隔着横跨不了的天堑，底下暗河涌动，流淌的不是友情。我不知道也就算了，可以作为傻大姐，组局满足他的心愿，偏偏在我们没有互通姓名的那天晚上，我看到了等在路灯下的那张不被爱的面孔。

光棍节当天，我在书城看到青山七惠的《一个人的好天气》，觉得名字应景，薄薄一小册应该不难读，买了好几本准备送人，正巧Z打电话约我吃晚饭。

我们就在书城楼下碰面，这时候我收到了"莴苣"的短信，问："你是不是和小周一起吃饭呢？"

我很讨厌被调查和监视，但当这一切来自"莴苣"，我却觉得可以容忍，或许是因为知道他只是透过我来看别人。

"莴苣"没等我回复，继续说："你们两个没良心的。"

"我约他过光棍节他都不出来。"

"你做好准备哦，我猜小周会表白，嘿嘿嘿。"

他连发了好多条。我的手指悬空在键盘上方很久都不确定应该回复什么。

吃完饭，Z和我散步回学校，我把书送给他作为晚餐答谢，在宿舍楼下，他和我说："我喜欢你。"

"莴苣"那几条短信究竟想说什么呢？他是一个会给女孩爱的抱抱的同时，为女孩跑调出丑而开心的人，你怎么揣测都不一定猜得完全。

但他成功了，至少站在路灯下被表白的这一刻，我第一时间感受到的不是喜悦，而是"'莴苣'果然猜对了"。

我说："让我想想。"Z没有失望，很温和地说"好"。

第二天"莴苣"就约了我吃午饭，之后每一天都找我。

他见到我的开场白，第一句话永远是，"你还没答应小周啊"。

不管口头上有没有正式答应，大家眼中我们早已经是

形影不离的一对了，Z走路的时候牵起我的手，我会回握他。说要考虑一下只是女生的矜持，"莴苣"不可能不明白，他却始终揪住这一点不放，对于我都无所谓的形式感，他在意得不得了。

那年寒假我和Z都没有急着回家，他在上新东方的GRE课程，每天要上五六个小时的课，而我在上日语班，默默准备下学期申请去东京读双学位。

我们联络得不勤，"莴苣"了然于心。

"莴苣"问我："学校南门外的半分利，你吃过没有？别看店面很破，其实很好吃的。"

我说："那就去啊。"

的确很好吃。小店破旧但干净，老板为了能多揽几个客人，硬是在有限的挑高中搭出来一层，加了两桌。我们就坐在半空中，等着水开。

"莴苣"突然问我："你有没有点青笋？"

然后他就讲了《莴苣公主》的故事。

这一次终于轮到我激动地附和。别人都只听过《长发公主》的故事，没听过前面她妈妈偷吃莴苣的这一段，你居然也看过!

"莴苣"眨眨眼,说:"青笋就是莴苣,要不要来一盘?老板!半盘切条半盘切片!"

我们严格地将青笋片和青笋条分别放进白锅和红锅里,一次煮一分钟,一次煮五分钟,分成八组来尝试,最后一致认为,煮一分钟的脆脆的青笋条最好吃,无论在哪个锅里。

"我吃火锅最喜欢吃青笋。我们约定好了哦,以后只吃青笋条。"

什么鬼约定?但我还是点了头。

那天"莴苣"像喝多了,话比平时还密,不再绕着弯子猜哑谜。

他说军训那一屋子男生都觉得他很怪,除了Z;他说没想到Z愿意答应他出去旅行;他说国王游戏的时候,国王点名两个人交换裤子穿,抽到卡的就是他俩,他怕Z不玩,于是故意激将说谁不玩谁心里有鬼;他说他们一起要到早上,看到了城墙上的日出。

我安静地听着,偶尔接上一句,说"你们关系可真好。"

火锅的热气也蒸出了我的热情。我说："Z 好像都很少再唱周杰伦的歌了，他最近一直都在练粤语歌，觉得自己发音不准。"顿了顿，我又加上，"都是你上次 KTV 唱过的。"

莴苣很开心，拉着我讲了一大串歌名，好像指望我这个连 KTV 都不爱的人能够记得住，然后转身报给 Z 参考。幸好中间有一首我知道，是陈慧琳的《最爱演唱会》。

我说这首我很喜欢，以前以为陈慧琳只会唱可怕的《记事本》。

他大笑，说，我也最喜欢这一首。

他立刻就开始哼。

曾经多热情，散过的心也别要灰；

大世界，像舞台；换节目所以没往来；

无论多么欣赏喜爱，完场便离开；

鸣谢你共我，被人当作极配。

似是而非的歌词好像激发了他。"莴苣"突然站起来，拎起我的外套，说："外面下雨了，你去接小周下课吧。"

我看向窗外，北京冬天的雨十分少见。我耸耸肩，说：

"太晚了，何况我又没有伞。"

他说："我有，我陪你去。"

我愣了几秒钟，接过他的衣服。我想问我们两个都只有一把伞，要怎么去接 Z，斟酌再三又把话咽了下去。

路上他还在唱那首歌。

> You grab my soda can,
>
> and you hold my sweating hand.
>
> I long to see the boring band,
>
> because I'm your super fan.

蒙蒙细雨根本用不着打伞，但我陪他去。

新东方租了很多放假空置的小学校作为临时教室，我们去的这一间离半分利不远，但并不好找，至少我自己从没来过。"莴苣"轻车熟路，时不时招手示意我快跟上。

门前已经围聚了不少接孩子的家长。

"莴苣"站在路灯下，戴上了外套的帽子，细雨霏霏像绒毛一样包裹住了他的脑袋。他突然问了一个他早就该问的问题。

"你和小周，怎么认识的？——哦，我忘了你们是高中同学。"

"我们高中不认识。大学才认识的。"

"那是怎么认识的？"他一脸好奇。

因为你。

我看着他，知道这个答案会让他难过。

"就是选了同一门课，就这样。"

"哦，那一点都不浪漫啊。"他说不上是失望还是满意。

我也有问题想问他。我想问他究竟为什么每天找我聊天打屁，如果我在舞台上跑调他会不会很开心，那么多聊到午夜都不想睡的话题，他是真心共鸣，还是只想从我的一百句废话里找到缝隙窥探一秒 Z 的踪迹？

可是我把你当朋友啊。

就当我无法忍受这种沉默，准备要和他聊聊真·心话，他猛地转过来看我。

"谢谢你。"

我被他吓到了，冷不防他把伞塞到我手里，从背后大力狠推了我一把。

正是大门敞开的刹那。Z 和他的同学们最先走出来，壮观高大的一整排，刚要抬步下楼梯，就看见我从熙熙攘攘的人群里跟跄着冲上台阶，举着的伞也甩在一旁，几乎要当众跪倒。

Z 连忙扶住我，高兴地问："你怎么来啦？"

"这么点雨你就来送伞啊，秀恩爱分得快，知不知道啊！"

我被男生们的哄笑声包围，急得想骂娘，焦躁与难过沸腾着漫过喉咙，烧得我半个字都发不出来。

我来不及理会他们，匆忙向上跑了几级台阶，朝远处张望。

"莴苣"已经冲出重围，背离我们跑远了，他回头的视线刚好对上我的，可我的眼镜被雨淋湿了，看不清他的表情。

他张开手，像一只飞不起来的鸟，冲进一盏一盏路灯光里，消失在黑夜的尽头。

我和 Z 的恋情维持了小半年，和所有校园情侣一样，上自习、吃饭、看电影……我去了日本之后，共同话题寥寥，Skype 上越来越沉默，大家都还年轻，海阔凭鱼跃，就这样相忘于江湖。

农历新年前，来自中国的留学生们都聚在公共厨房里一起包饺子。我和唱 *First Love* 的女孩居然报名了同一个交换生项目，又被分到同一桌。寒暄了几句，她突然问我认不认识"莴苣姑娘"。

当然，"莴苣"在她那边，有着不一样的昵称。

"一度关系还不错，经常一起吃饭，后来渐渐就不联系了，"我含糊地说，"他叫我去十佳给你加油来着。"

女孩有些不好意思："唱砸了。"

"谁让你选那么难的歌。"

她沉吟片刻，说，是"莴苣"鼓励她唱那一首的。

"我知道他是故意的。"女孩用力地捏合了一个饺子，馅儿不小心从肚子那里爆开了，她连忙找纸巾去擦，边擦边笑，眼神明亮地看着我：

"我觉得你也一定明白的吧。"

我点头。

很多年后，和我一起目睹了"莴苣"与Z深夜散步的男生告诉我，他原本想追我的。

"早知道就不嘴贱了，拉着你看热闹，煮熟的鸭子都看飞了。"

我们大笑之后便不再提。我突然想起了"莴苣"。

就在他险些把我推了个跟头的当晚，12点，"莴苣"在校内上更新了一篇日志。

他说我提起心爱的歌激动不已，在火锅店当众唱完了整首《最爱演唱会》。放屁。

他说我提起Z一脸娇羞。放屁。

他说我看到下雨便急着说要去接Z，饭都不吃了。放屁。

他洋洋洒洒放了三四千字的屁。

我突然懂得了他写这些荒诞日志的理由。

"莴苣"爱上了他的男主角，而我，只是他写出来的女主角。

这个女主角，会唱《最爱演唱会》，喜欢吃脆脆的莴苣条，看到窗外下雨，会紧张地拿起伞，向着爱人飞奔。

这个女主角，和男主角幸福地生活在了一起，一大早上打着哈欠，彼此依偎去城楼上看最美的日出。

把世间爱情都当成戏来演。是戏就会散场。

你暂时的爱人，暂时地爱你。[1]

"莴苣"写的结局，比人世间发生的要美一点，疯一点，难过少一点。

在那篇日志的最后，"莴苣"空了好几行，写下了一句话。

"粤语歌已经唱得够好啦，不用再练了，你唱什么都好听。"

这句话我没有转告过 Z。

苦练粤语歌什么的，全都是我编的。

---

[1] 引用自褚明宇文章，已获得原作者授权。

宠

我是她的家乡。

2010 年的冬天，我第一次领教上海的冷。

和许多北方人常常挂在嘴边并引以为豪的那种彻骨的严寒不同，上海的冬季的冷是不急不缓的，将人与环境湿漉漉贴在一起，无处可逃，室内室外一样令人绝望。

记不清究竟是十一月的哪一天，我照旧从办公楼走出来，汇入街道上熙熙攘攘的人群，面无表情地踏上地铁，在苍白的灯光下和满车厢同样漠然的乘客一起被这个城市错综复杂的地下血管输送到各个角落，爬上地面，没入夜色，饿着肚子打开房门——

玄关的射灯洒下橙色的暖光，然而眼前宽广空荡的客厅里弥漫着和室外一样清冷的气息，甚至因为空关幽闭了一整天，透出几许怨气。

我不知道别人的概念中，"家"究竟应该是什么样子。于我而言，这无关房子的归属权，屋子的大小，异乡还是故乡——至少，在你疲惫不堪地穿过冷冰冰的城市，打开房门的一刹那，扑面而来的至少该是暖意，至少该有人问候说，回来啦？饿不饿？想不想家？

也许就是那一刻，我忽然觉得，这个房子里面，应该有一条狗。

一条可以依偎取暖的狗；在听到我开门的声音，甚至是电梯爬行的声音时就早早守候在门口，眼神热烈、摇着尾巴、欢天喜地的狗。

"你回来啦？"——倒也不一定非要说出来才算数。

萝卜是 2011 年春天才来到我身边的，我已经自己度过了一个完完整整的冬天。

在朋友的帮助下，她从重庆跋涉千里来到上海，一路上的颠簸让这个大块头吃尽了苦头。当她的笼子从车上被抬下来，结结实实落在我楼下的草坪上时，我几乎不敢去亲自把笼门打开。

她是德国牧羊犬，也就是电视上常常出现的、陪伴在警察叔叔身边协助缉毒追踪等安保工作的"黑背"。虽然尚未成年，可是体形已经过于庞大。她咧开嘴巴伸出舌头"呼哧呼哧"散热，大大方方地露出一口白森森的尖齿獠牙。

司机早就绝尘而去，上午十点钟暖暖的阳光下，我傻站在笼子边，迟迟不敢伸出手去解开笼子口简单的一道锁。

在买她之前，我已经看过她的训练视频，乖巧敏捷，帅气却又流露着憨劲，最重要的是，她是个大眼妹，有一双其他德牧脸上少见的美丽眼睛。德国牧羊犬的重要特征之一就是对人对狗都偏冷淡，从他们的眼神中可见一斑。然而视频中萝卜的大眼睛黑白分明，科目训练中做错动作时，会怯怯地抬眼去偷瞄训练员的表情，看到对方佯装发怒，就讨好地摇尾巴耍无赖，眨着眼睛求饶——湛操场英姿勃发的警犬里，她像个误入其中的邻家小姑娘。

然而面对面的时候我才意识到，这个小姑娘生在巨人国，耍无赖是 XXXL 号的无赖，卖萌是 XXXL 号的萌，嘴巴和牙齿自然也是 XXXL 号的凶，我没想过自己受不受得起。

我的手指搭在笼子边，第一次觉得这双因为练琴而比其他女孩子大出好几圈的手，在她的大黑脸衬托之下，竟然如此白皙小巧。

那种感觉很奇异，因为这个不相干的念头，我强烈地预感到，我的世界会因为她而变得不一样。

就在这时候她结束了在笼中的困兽之斗，抬起眼睛看我。

那个眼睛会说话的小警花重新出现在我的面前，她眼中略带戒备的哀求就像温水，唰地冲散了我心里郁积一整个冬天的阴冷。

我一边叫着她的名字一边打开了笼子门，眼疾手快拉住牵引绳，将她带了出来。

正在暗自庆幸一切顺利的时候，她忽然发足狂奔，我毫无准备，被直接拽了个狗吃屎，摔倒在草坪上。她拖了我两步之后才发觉，转回头，用软塌塌的舌头热情地舔我的脸。

像一匹马。

相处之初，还是有很多有趣的故事发生的。

第一次带她出门遛弯，我们绕开楼梯口，直奔电梯。第二次再出门，她就已经知道乖乖地直奔电梯间而去了。我兴奋地讲给朋友听，以证实我养了一条多么聪明伶俐的狗，朋友凉凉的一句话就浇灭了我所有的热情：

"你还是带着她走走楼梯吧，上海去年刚有过一场大火，万一有什么意外，你家忠心护主的狗好不容易把你拖出房门，然后你们俩一起静静地——死在电梯门口。"

于是后来我还是带她乖乖地走楼梯了。

萝卜很喜欢水，带她去宠物店洗澡的时候她总是很乖，店员一开始都有些畏惧她彪悍的品种和相貌，几分钟之后就发现这是一只可以随意蹂躏的狗，洗澡吹风修理指甲，她都安安静静地坐在台子上享受，歪着头，善良的眼睛一直望着玻璃门外的我。

那一刻我忽然想起小时候去参加中学生乐团的训练，我爸也是这样，背着手站在训练室的玻璃门外，笑呵呵地看着我。

那种心情也许会有些差别吧——爸爸看我的神态里应该包含着更多的期待和希望，而我对萝卜却没有过什么期待，也从没想过她未来会长大成才远离家乡什么的。

然而，殷殷的注视中，总有什么是相通的吧。

当然萝卜对水的喜爱不只是这样。每天晚上我泡澡她都会站在旁边看，下巴搭在浴缸边，硕大的脑袋一动不动，紧盯着水面的泡泡。我一度觉得难堪，阻止了几次之后也就坦然了。

某天晚上，正在书房整理东西的我听到浴室那边有奇怪的声响，走过去一看，萝卜不知怎么就跳进了空浴缸，正在里面摇头摆尾地撒欢。

可能，是在，学我吧？

但有时候我也疑心自己是不是被骗了，萝卜根本不是视频里那只狗。

她又馋，又懒，疯起来像打了两吨兴奋剂，理应精通的"坐、卧、随行"等科目口令一个都听不懂，半小时就把我给她买的玩具撕咬成了碎片，喝水吃东西的时候非要趴在地上，伸出前爪把食盆搂在怀里，像个幼儿园没毕业的孩子，把地板都弄得脏兮兮……

我无助地打电话给她曾经的训练员，得到的答复是，你们刚刚相处，你要给她立规矩啊立规矩，我 QQ 空间有好多犬类训导的文章和视频，你自己去看一看。

一个月以后，回家后见到满地狼藉，六神无主的我又打电话给他。

训导员不胜其烦，终于说了实话：

"什么人养什么狗。她可能随你。"

是的，她变得和我越来越像。

又或者说，是和真正的、独处的我越来越像。

我们常说动物是有灵性的，却没有人能说清楚究竟灵性是什么。

我们也常说，人和人之间的相处需要时间，需要磨合，需要包容，需要……然而条件再多，也未必能够心意相通。少年时代的热情是不可再生的，成年人相见，第一件事是彼此设防。

但这些障碍对萝卜来说都不存在。

她只需要一两天就能找到和我相处的诀窍，惹怒了我之后要怎么去讨好，我对她容忍的底线在哪里，甚至我的喜怒哀乐，在她眼中都如此分明。

虽然她无法出言安慰，甚至连最基本的理解也做不到。

只是对我们来说，有时候最单纯的"知道"已然足够。

说得简单。她可以轻易地摸透我的脾气，我们两个建立信任却不是一件容易的事情。

第一面就摇尾巴、舔脸、允许摸头……并不代表亲近，只是天性温柔。

要做她的主人，获得这些肤浅的友好是远远不够的。

萝卜刚到新家，四处嗅来嗅去，接受了她的新狗窝、新玩具、新食盆和新牵引绳，我天真地以为她也接受了崭新的我。

是的，她在我抚摸她的头顶的时候会耷拉下耳朵，露出圆滚滚的头顶，见到我笑就会自动摇尾巴，四脚朝天露肚皮（这一动作代表臣服）——然而其实这一切只因为她是只足够聪明的狗。

识时务。

遥远的重庆的一切都已经结束了。狗天生的敏感和她聪明的脑瓜结合在一起，让萝卜清楚地认识到，从此我就是她的老大了，她必须接受。

所以她甚至没有表现出训狗教程中所提及的那些认生的举动，包括刚到新家的第一个夜晚时由于不习惯而发出的呜呜哀诉。

这种表面的平静迷惑了我。

直到半个月后的下雨天，我冒雨带她出去玩，她在草坪里踩得四只爪子满是泥巴，我突发奇想要在自己家里给她洗澡。

不知怎么她被我的举动吓到了，在我费劲地抱起她的上半身想要将她带进浴缸里时，几乎从不吠叫的萝卜"汪"地低吼一声就挣扎逃跑了，我一个不稳坐进浴缸，浑身湿透，而她早已经没了踪影。

我刚刚哄骗她的温柔和耐心消耗殆尽，在浴缸中气鼓鼓地坐了半天才爬出来，整理了一下才气冲冲地走出浴室去寻她。

萝卜藏在沙发下，只露出小半个鼻子。

那天我因为公司的事情疲惫不堪。熬夜写的尽调报告老板看都不看就打回来，既然决定了裙带关系的公司无论如何都要投，为什么还让我们像狗一样加班？对，狗，我累成这样还冒雨带狗出去玩，狗领情吗？狗不领情！

我居然对一条狗发起了火，嗷嗷咆哮。

现在我当然记不清我对她吼了什么。恐怕吼着吼着，抱怨的就都是我自己的事情了吧。

她一动不动藏在沙发下，我吼累了，也就不再理她，转身回了卧室，留下客厅地板上一串泥爪子印记，懒得管。

这时候才发现语言有多么糟糕。我说我不会伤害你，她听不懂；她在沙发下想什么，我也永远不会知道。

但也好。没有语言也好。连误会都是赤裸裸的。

狗不记仇，可是我记仇。

她饿了，消停了，就怯生生地看我，继而死皮赖脸地用自己的方式哄我。

萝卜的心思很单纯，我却是个复杂的人类。我开始反省自己——她不信任我，我又何尝信任她。

我摸她的头也总是轻柔的，从来不勉强，更不会肆无忌惮地和她闹；她开心的时候会咧开大嘴妄图含住我的手，我却总会条件反射地往后一缩。

萝卜这种体形和品种的狗，具有惊人的攻击力和强大的咬合力。

她可以选择不伤害我，但是只要她愿意，她永远有伤害我的能力。

是啊，回想我们平时亲密却又小心翼翼的相处，我又何尝相信过她。出门玩的时候总是把缰绳牵得很紧，即使她很乖；看到其他的狗，她明明很想去和人家玩，我却一定要绕开，以防她发狂把人家咬伤。当我信誓旦旦对朋友说"她不会乱跑，她不咬人"的时候，我自己又信了几分呢？

我开始重新训练她，不再随心所欲喜怒无常地对她，也不再强求她亲近我。

我终于认认真真地了解她究竟是怎样的性格。

她很别扭。无论小狗怎样对她吠叫挑衅，她都不屑一顾；遇到自己感兴趣的同类，也不爱表现出来，总是假装漫不经心地接近对方，然而一旦看到其他的狗也对她的目标表现出兴趣，立刻就做出一副"我才不稀罕呢"的样子掉头离开。

她也很好奇，爱冒险。萝卜极其热爱坐车兜风，见到开着的轿车门就想往里面钻，也不管是不是自家的坐骑；喜欢把头伸出窗子，口水沿着窗子往下淌，像是晴天下了一场雨。

我曾经愧疚于自己去上班的时候将她独自留在家中一整天，愧疚于自己为了回家时候得到热烈欢迎而自私地将她囚在这个冷冰冰的房子里，不过很快我就发现，在我离开之后她独自一狗过得多么愉快。

她撕坏了我的沙发坐垫，拆过不知道多少卷卫生纸，站起身把爪子搭在厨房的台子边缘，舔干净所有的碗，呕摸遗留的滋味；她曾经把我准备晚上回家好好享用的大闸蟹吃了个干净，也不知道那笨拙的爪子和嘴巴是用什么方式将捆扎紧实的麻绳解开，竟然没咬断，松松地散在地上，串联起满地干净的蟹壳。

再后来她进步了。原来是单纯的破坏，现在知道破坏之后将东西归位，盖上垃圾桶的盖子，将碗叼回到桌子上……

她总是有本事让我没法对她发火。

养狗之后，我一次都没得到过自己期待的"热烈欢迎"。但是我知道，一定因为是她又干了什么坏事，听到我拎着钥匙走出电梯，第一时间钻到沙发底下，垂着头，耷拉着耳朵，做出一副"我知道错了"的姿态，态度诚恳，屡教不改。

只等我说一声"好了出来吧"，她就会立刻钻出来，站起身，用跟我差不多高的笨拙身躯热情地拥抱我。

我几乎忘记了养狗的初衷。

也几乎忘记了，我们是怎么渐渐熟悉起来，渐渐同吃同住，她不再性子别扭，不再对我耍脾气，永远憨憨傻傻的；而我则习惯了对她唠唠叨叨，坐在地板上跟她玩拔河，从她恐怖的大嘴巴和尖齿之间伸手抢玩具和骨头，带她去人烟稀少的乡村游玩时敢于解开牵引绳，也不怕她跑远，因为我知道只要我喊一声，她就会撒着欢地从无论多么遥远的地方奔向我。

用最快的速度，最不设防的姿态，奔向我。

我们一起醒过来，一起伸懒腰，一起度过新的每一天。一起爬过山，一起下过海，一起享受美食，一起玩 iPad 游戏，一起照相，一起看电影——如果电影里面有狗，她也会很开心。

我不知道她对我来说究竟是个怎样的存在。我不是习惯做狗妈妈的主人，要说是朋友，倒也有些牵强。

然而我从她身上看到了一个更好的自己。做事情不再只考虑自己，做决定的时候，我会将她的未来纳入其中——我不知道，这算不算得上一种"不自私"。

自然比不上她的全然信赖，也比不上她的无私。

和狗相处过的人，往往对人类有更高的要求。

因为我感受过全然纯净、从不反悔、不求回报的依赖和爱。

她不会要求我对自己的决定做出解释，不会对我的悲伤愤怒感到手足无措，甚至不知道我姓甚名谁，是个小人物还是个明星，是不是被人嘲笑，是不是四处碰壁，是不是低到尘埃里。

我只是那个只要一喊她的名字，就能让她飞奔回家的人。

我是她的家乡。

她从未要求我变得强大，然而每每想到她，我却愿意变得更强大。

说来讽刺，狗的无私和忠诚，恰恰是千百年来，人类出于自私和善变而有意识地驯化的结果。

　　我因为给她提供吃住而成为她的主人，她却因为"主人"两个字，再不离开，哪怕我有一天无法再提供食物和住所，再也不符合"主人"的定义。

　　这样地矛盾。让我说不清，究竟我和她，哪一个才是真正被宠爱着的。

　　可是我感谢她。

　　我感谢她，让我看清无私和不离不弃，究竟长着怎样的一副面孔。

人间世

那是我关于平房里的家，
最和平的记忆。

我爸爸是土生土长的哈尔滨人，但我的户口祖籍，写的是山东莱州。

　　莱州是这几年换新户口本时才改的名字，以前它还叫作掖县，在山东的东北部，临渤海湾。我不清楚爷爷奶奶究竟是年轻时自己跋涉来了东北，还是在襁褓中便被父辈带着背井离乡。只记得爷爷读过几年书，做过会计，会讲一些东北话，而奶奶只会说山东话。

　　小时候我见到的第一只螃蟹就来自掖县。在外面和小伙伴玩了一天，回到家，一进门便看到小小的熊猫彩色电视机上摆着一只漂亮的红彤彤的大怪物，梭子形状，两颊尖尖的，有两只威武的大爪子。我妈妈也觉得它长得漂亮，于是摆在了电视机上，下面还压着一盒糕点。妈妈说是掖县的亲戚送了一些珍贵的海产品，奶奶刚拿过来的。

在那个储秋菜的年代，海鲜对于东北来说用"珍贵"来形容并不过分，很长一段时间里，东北价格最昂贵的几家酒楼，无论名字如何，后缀一定是"海鲜大酒店"。

螃蟹给我家带来了一场小战争。妈妈看我高兴，于是自己也高兴，直到她打开糕点发现里面已经发霉长毛，而螃蟹壳子一打开，已经馊了。

我妈妈终于得知真相，是奶奶把礼品留了很多天，能送人的都送人了，剩下一盒糕点一只螃蟹舍不得吃，放着放着，就放坏了，这才拿出来给我这个孙女，说，给荟荟吧。

很多年后我自己定居在了海边，当地的朋友总会叮嘱我，螃蟹和蛤蜊千万不要隔夜再吃，留也留不住的。说不出什么科学道理，只是海边居民的"常识"。我想这或许证明了，我的爷爷奶奶是祖辈带到东北的，对掖县的海，他们一无所知。

我妈，人敬她一尺她和煦如春风，人欺她一丈她上房揭瓦。之后自然又是一通好吵。

她们为一件事吵，为以前的很多事情吵，为基于对彼此的了解所推测出的动机而吵。婆媳之间的积怨是一汪深不见底的油，更原则性的冲突都发生过了，螃蟹只是一点点火星。

鸡也是。

鸡是一种很不友好的动物，居然只长了两条腿。这两条腿在早年物资匮乏的情况下意义又非常重大，它们代表着地位和宠爱，分配不均，就会有人介怀。"有人"就是我妈。

鸡一端上桌，我奶奶便拆了两只腿，一只递给我姑姑的女儿，她比我大两岁；另一只给了怀孕的小婶婶；而饭桌上只有我和姐姐两个小孩。

我妈霍然起身，领着我下桌走了。

这件事完全没有伤害到我，反而因为戏剧冲突短促强烈却又一言不发，在我脑海中深深扎下了根。

四溅的火星里还包括蜂窝煤、我爸的病、大雪天的中心医院、去天津的火车票、卧虎牌羊毛毯……战火燃烧过后，渣滓沉淀进仇恨的油汪里，成为其中的一部分。

我甚至有些着迷于我妈和我奶奶这两个硬派女人了，相较之下，我沉默的爷爷和爸爸几乎不需要被提起。

我听很多人讲过我的出生。大家都在走廊等，我哭声特别大，旁边有人拱火说这一听就是个大胖孙子，结果抱出来是个女孩。

不知道描述得是否太过夸张——据说爷爷奶奶掉头就走。

他们盼了很多年孙子。爸爸的大嫂甚至为此怀了两个孩子，比我大了十岁有余，都是女儿。后来闹翻了，逢年过节都不再出现，这两个姐姐我几乎没有见过。轮到我妈妈生产的时候，独生子女政策已经广泛推行，这个生儿子的机会再次被浪费了。

20 世纪 90 年代初，国家还没全面实行双休日，周六爸妈是要上班的。每个星期日我会去外公外婆家。那边是楼房，有高高的抽水马桶，我坐不上去，外婆就拿便盆给我。洗手间和厨房连着一条短短的走廊，外婆在厨房择菜，四五岁的我正是非常爱学人说话的年纪，在便盆上正襟危坐，绘声绘色地给她学，我妈和我奶奶是怎么吵架的，她说了什么，她又说了什么，邻居探头进来笑嘻嘻说了什么，我妈把人轰走，大吼："看什么热闹？滚！"

我外公会过来问："那你觉得是谁不对？"

我装作思考了一下。其实我懂个屁，干脆学着电视里面的台词回答，各打五十大板。

外公就大笑，然后深深地叹息。我妈妈是他们最宠爱的小女儿，大专毕业坐办公室，红着脸话都不说一句，低头看小说，看的是《简·爱》。

我小时候初识字，抓到什么都读，我外公看的苏联侦探小说，我爸看的武侠小说，我小叔订阅的通篇男女生殖科普问答的《家庭医生》杂志——后来他发现我居然在看就连忙锁起来了。但我最喜欢的，是我妈妈看的杂志，封面上有笑容驯顺的日本女人，穿着色彩柔和的针织衫，内容不是讲家居布置就是棒针织法，这些杂志让我模模糊糊想起曾经的她，声线圆润，总是笑眯眯的，和画报上一样温柔。

难道人的婴儿时期也有记忆？反正自打我三四岁记事起，她就是女战神了。

毕竟简·爱也是个烈性女子嘛。

我奶奶也是个烈性女子。

短直发，头发花白，面容严肃，法令纹很深，眼皮耷拉着，没有多少笑模样，常年佝偻着背，走路一撅一撅的，身体左右摇摆。因为她是"解放脚"，裹小脚没几年便赶上妇女解放运动，解下了裹脚布，但有些部位还是已经无可挽回地坏死了。我印象中她几乎从来没有脱下过袜子。

偏偏她走路极快。

极快。我和她一起去买过菜。小孩都精力旺盛，我却跟不上她的步伐，人头攒动的菜市场，奶奶从一个摊位赶往另一摊位的时候总是一路"超车"，轻轻拨开晃动的行人，恨不能领先全世界。

明明走路不稳，却那么要强。

自打记事起，我一直住在老城区的小平房，邻居众多。奶奶家是两间砖瓦房，由一个小小的、堆满杂物的院子相连，平日大家会在院子里洗晒衣服。小叔叔新婚，爷爷奶奶便从宽敞的正屋搬出来，直接在门外的宽走廊里摆了一张床，守在正屋和进门的厨房之间。我一直想去正屋里玩，却从来都没成功越过这道防线——奶奶怕小婶婶不高兴。老人本就偏疼小儿子，何况小儿媳是生孙子的最后希望。

经过院子就是我爸妈住的屋子，西晒很严重，很多年后我妈妈提起那里，还一直叫它"偏厦子"，也不知道是不是这个写法。

奶奶不喜欢开灯。记忆中正屋那边的厨房总是昏暗的，灶台下是黑黑的煤炉和风箱，她坐在旁边的小凳子上借着微弱的天光择菜，当我冲进门和她大声地讲邻居家的小伙伴如何如何，她会快速地瞄一眼窗外的院子，似乎很怕被我提及的小孩跟进来听到什么。邻居们聚在一起说话，她也是最沉默的那一个，附和几句便急着回家，从不表态，也不掺和任何事。

这似乎是她的某种生存智慧。然而我也记得，妈妈曾在某次吵架中说过，奶奶是最会暗地里搅事的人，多少破烂事最后追根溯源，大多是她的指使或暗示。

有的时候，"他们一家人"（我妈的惯用语）会围在厨房吃饭。没有客人来，正屋是绝不启用的，小婶婶常年关着门，饭桌都直接支在灶台旁，头顶只有一只非常非常暗的小灯泡，每个人的脸都藏在阴影里。

像梵·高的一幅画，《吃马铃薯的人》。

饭桌上只有奶奶、爷爷和她除了大儿子外的三个子女，没有"外姓人"。大儿子年长早持家；二儿子十几岁夭折；老三是我爸，承上启下，孝顺到死心眼；小儿子狡黠机警；小女儿保守顾家：性格各有千秋，唯一的共同点是，听话。

听奶奶的话。爷爷几乎是不说话的。

我偶然参与过一次，蹲在旁边用冰棍杆戳蜂窝煤玩，反正年纪小，没人在意。爷爷吃饭很快，早早下桌了，只有奶奶垂着眼，听孩子们讲一天的生活。

她一辈子没有出去工作过，绕着灶台转，只会讲山东话，却熟悉每个孩子的老师、领导、同学、同事、同事的女朋友……只凭她一双谨慎的耳朵，和寥寥几句肯定或否定的话。

"不行。"

"做得对。"

"就这样。以前她不是还跟别人一起挤对过你？就该这样。"

"我说了，不行。"

"以后别跟那人一起吃饭。"

…………

奶奶是家里不容挑战的人。她像一只倔强固执的食蚁兽妈妈，坚持将所有孩子都背在背上，警惕着天敌的来袭。

大儿子比弟弟妹妹们年长很多，成家也早，为家里立下过汗马功劳，有韧性的大儿媳终于用了十几年的时间将他从这个家的小饭桌上剥离了出去。

这是奶奶的耻辱。

虽然和重男轻女的奶奶一起住,其实我的童年非常愉快。

住平房的孩子都很野,能跑能疯,膝盖几乎就没有愈合过,永远挂着新嫩的结痂。小男孩撒尿和稀泥,小女孩偷自家珍贵的"洗发香波"来勾兑吹泡泡的肥皂水,被旱厕的毒蚊子叮了屁股而痛得大哭,下一分钟又可以因为一袋两毛钱的话梅而破涕为笑。

童年有永不结束的夏天。

我也很喜欢和大两岁的姐姐玩。姑姑和姑父都是话不多、很能算计的人,听闻婚姻到了后期连彼此都算计得干净,姐姐却一丁点都没继承父母的缜密心思,一直是个漂亮而憨直的姑娘,有一张饱满小巧的苹果脸。

姑姑是小女儿,前面已经有三个哥哥撑腰,倒是因此被爷爷奶奶稀罕,连带姐姐这个外孙女也一样。姐姐和我爷爷奶奶很亲,就像我对我的外公外婆一样亲,这世间事莫不如此。

妈妈的单位很早就倒闭了,她盘了门市房做生意,门面租给理发店,里面的屋子是小美容院,有蒸面机、文眉笔、几张和牙科诊所里一样的多功能躺椅、一整面墙的大镜子。

爸爸上班，妈妈开店，他们又错过了公立幼儿园的报名，外公外婆带着舅舅家的哥哥姐姐，奶奶和妈妈又都是硬骨头——于是我每天在她的美容院里翻跟头，惹祸了就被揍一顿，哭完了接着翻跟头，或者把纱巾桌布缠一身，扮成《西游记》里的玉兔精，唱着"沙里瓦"对着镜子跳舞。

我最喜欢客人卸下的"石膏面具"。土豆泥一样的糊糊涂在脸上，二十分钟后便硬成了石膏面具，可以热气腾腾地整个揭下来——其实现在已经不新鲜了，就是清洁面膜而已。

姐姐也喜欢石膏面具，可以遮在脸上扮神秘女子，被我苦苦追逐，最后再一揭开面具，哇，绝世美人儿！然后我便扑倒她在她脸上狂亲。

真的是她手把手教我的，我发誓。

为了我这个戏很足的玩伴，也为了获得石膏面具，姐姐有时会让爷爷去美容院接我回家陪她过家家。大人是很微妙的动物，我妈看我蜷在沙发缝那里睡觉会难受得叹气，但每当爷爷的自行车铃在前院响起，她又会因为"给外孙女找个伴"的动机而气恼。

他们的计较，对我和姐姐不重要。

但是奶奶摔了我们的石膏面具。玩得正欢呢，被她看见，一把夺过来，在小院里摔得粉碎。

"什么玩意儿，脏不脏！"

其实她说的是对的，粘满了脸部汗毛和黑头的东西能不脏吗——只是摔得那么用力，很难相信只是因为洁癖。

姐姐吓得哇哇大哭，爷爷沉默地抱起她进屋去了，我站在小院里看着奶奶。

这是我妈妈至今不知道的事。

过了几天，我爸要送我去外公外婆家，奶奶忽然说她正好要去买菜，直接送过去吧。

那片平房面临拆迁，沿途挖得乱七八糟，暴土扬尘，我跟着奶奶爬上大坡，穿过长满荒草的废弃铁轨，再走下一条长长的土路。一路无话，我第一次好奇她的解放脚为什么可以走得那么快。

经过一个小卖店，她突然说："过来。"

她给我买了一瓶喜乐，细细的吸管戳进锡纸盖，递给我，说："走。"

吸溜着喜乐的一路都很快乐，最后都喝完了，我还一直嘬吸管玩，发出刺耳的嗞嗞声。

她听烦了，看我一眼，却没有骂我。

五岁的时候发生了三件大事。小婶婶生了儿子，奶奶家拆迁，我妈和奶奶正式绝交。

抱孙子这件事，爷爷表现得比奶奶开心，脸上的皱纹都舒展了。小弟弟长得像小婶婶居多，这是爷爷奶奶略微遗憾的地方。说来有趣，孙辈中，长得最像爷爷的人竟然是我——这又是我妈妈略微遗憾的地方了。

拆迁前，妈妈和奶奶爆发了最后一次大吵。我爸是孝子，又不能为了孝道抛妻弃女，他本人又从没表现出任何处理问题的智慧，于是双方最终约定，以拆迁为契机，媳妇和婆家再不见面。

包括我。我妈说，反正你们也不稀罕一个孙女。爷爷奶奶没有反驳。

小孩子没什么故土难离的伤感，伴着轰隆声的拆迁最刺激不过了。街坊邻居因为拆迁面积而爆发了不少冲突，可惜我忙着四处挖宝，没有再密切关注，自然也不能继续给我外婆做便盆实况转播。

最后一天，各家都雇了车来做收尾，该拉走的都拉走了，房子里连能拆下来贱卖的木材板料都不剩一根。我爸妈不知为什么吵起来，两个人火气冲冲地上车，司机发动，开走。

我蹲在排水沟旁边，玩了好一会儿，才意识到自己被落下了。

又过了一会儿，爷爷推着自行车过来，奶奶抱着小弟弟跟在后面，他们看到了我。

然后经过了我。

最后是舅舅来接的我，我妈发现我不见了，急哭了，可车已经开远了，慌忙打电话给他。我坐在舅舅自行车后座上，听他一路咒骂，一家子浑蛋，你妈也是浑蛋。

我就在后座哈哈笑。

回迁之前，我们搬了很多次家，最后因为我要读小学了，就住到了外婆家。大高楼有大高楼的好，可以往下面扔会转的竹蜻蜓，看它飘到很远很远的地方。

我再次见到奶奶，已经是初二的时候了。

中间这么多年居然真的没见过。因为我妈妈言出必行，一口唾沫一个钉；因为我爸懦弱；因为爷爷奶奶和我，并没有想念过彼此。

但我爸这次终于鼓起勇气——背着我妈——来凶我。

他说："你奶奶脑梗，醒过来就不认识人了，但这几天一直念叨你的名字。"

爷爷奶奶一直和小叔叔一家一起住，小弟弟是他们看护长大的。我跟着爸爸，敲门进屋，心里沉甸甸的，说不清是因为害怕妈妈突然找我，还是不知如何面对多年未见的亲人。

房门打开，扑面而来一股老人特有的味道。

我先注意到的是床。

床褥上铺着厚厚的塑料布。很快我就知道这层塑料布是用来做什么的了——我爸一进屋就敏锐地喊，她是不是又拉了？

我这才看见了奶奶。她比我印象中还瘦，脸颊深陷，密布老人斑，发色已经是完全雪白，还是以前的短直发，却柔软了许多，因为静电统统贴在头皮上。她歪靠在床头，目光是浑浊的，对于我爸爸的喊声，没有一丝反应。

我爸一个箭步冲上去，双手穿过她胳膊下方，从背后将她小心地架起来，拖到了床边的简易马桶上面坐好。这个马桶和我外婆用的是一样的，许多有偏瘫病人的家庭都买了，深红色，外形像一把老板椅，坐垫却是马桶圈，中间一个洞，下面是可抽拉的粪便箱。

我爸迅速卷起了床上的塑料布，扔进了洗手间，打开淋浴喷头冲洗，晾在一旁，又拿起备用的另一张铺到床上去，然后拿起湿毛巾给奶奶擦洗，整套流程毫无犹豫。

他和我妈妈轮流陪护过外婆，已经很有经验了。外公去世后，外婆的精神状态时好时坏，她清醒的时候，是决不允许子女把她放在简易马桶上的，想方便也不会喊人，一定要自己勉强扶着墙偷偷地往洗手间挪动，往往中途摔倒，反而更加重病情。妈妈和舅舅们气愤难当，不明白为什么老人听不懂道理，一定要这样折腾自己和儿女。

因为自尊心。

大小便失禁，要子女帮忙擦拭，人已经没有尊严了，清醒比混沌还痛苦。

奶奶已经没有这方面的困扰了。她坐在房间中央，被扶手堪堪框住不至于歪倒，光着的腿，只有骨架支棱着，附着的皮皱皱松松地垂下去，触目惊心。

我发现我认不出她了。

我像个傻子一样杵在奶奶对面站着。我爸忙完了过来，像呵斥一个六岁孩子一样对我说："怎么不喊人，叫奶奶啊！"

小叔叔从厨房进来，爷爷和姑姑也买东西归来，看到我都很惊讶，更多是尴尬，彼此完全无话。我爸解释说，他听到奶奶念叨荟婉荟婉，就把我带来了。小叔叔附和说："对，我也听见了。"

就在这时奶奶终于说话了，盯着地面上的某一块，嘟嘟囔囔的。我爸凑在她耳边说："妈，你看，婉荟来了！"

奶奶微不可见地点头，继续嘟囔。

我僵硬地凑过去，说："奶奶，我来看你了。"

我听见了她念叨的那个词，抬头对我爸说："她喊的是二姐。"

我爸愣住了。

我的名字叫婉荟，因为爸爸的大哥连生两个女儿，中间的字都是"婉"，我是第三个女孩，爷爷对起名字不甚上心，说："就跟着喊，干脆也叫婉什么就好了。"妈妈有点不高兴，但那时还是温顺的，只是在第三个字上自己花了点心思，按我八月份的生日，取名叫"荟"，意指草木繁盛的样子。

所以前两个姐姐也叫婉。奶奶喊的是二姐。

二姐才是奶奶几乎连见都没见过几面的孩子。虽然计划生育没有强制执行，但宣传风向已经非常明确，就是只生一个好。大孙女刚出生，大儿媳就再次怀孕，在单位里影响很不好，于是我大姐姐小时候一直在奶奶家住着，以便她的爸爸妈妈躲避同事和领导们的质询。不料第二个又是女儿，奶奶连见都不想见了。

老年痴呆的奶奶，已经逃离了时间线的困缚，在密密匝匝的过往画面中，她念起了二姐姐。

人类真是复杂的动物。

我爸也凑近了听，终于听清楚了，尴尬地看了我一眼，想笑，又笑不出来，只好说："你让开，我扶你奶奶起来。"

他急切地拉我来，还因为我流露出的一丝担忧怯懦而大发雷霆，就是因为，他以为我是奶奶的念想。

到最后也不是。

奶奶这样的状况没有持续多久，很快就去世了，从另一个角度讲，她没有受太大的罪。

葬礼过后，我和爸爸又去了爷爷家。家里已经挂起了奶奶的遗照，黑白照片上，她还是不苟言笑。角落里有一只香炉，爸爸递给我三根香，说："去给奶奶上香。"

可能是我笨手笨脚的吧。我点燃，拜了拜，插进香灰中，断了。

我爸又递给我三根，我插进香灰，又断了。

我爸忍着怒，又递给我三根，居然还是断。

"上香你都不会吗？！"他气愤，我无言以对，每一次我都极为小心了，香本不应该是这么脆弱的东西。

我突然想，或许是奶奶也硬气得很，不愿意接受我的供奉呢；或许她也觉得，我们没有做亲人的缘分。

奶奶和妈妈关系还没那么僵的时候，我正是学会跑跳之后十分淘气的阶段，又爱鹦鹉学舌，十分适合在正屋和"偏厦子"之间来回跑，充当信使，给她们传话。冬天快来了，家里烧煤取暖，烟道穿过火炕和墙壁背后，滚烫滚烫的。我睡在床的最里侧，挨着墙，妈妈怕我被烫到，就琢磨着找一块薄薄的木板，贴墙放着，把我隔开。

奶奶说，她那边有。

妈妈说，好呀，拿来看看。

两个女人在各自的房间做家务，我快活地来回跑着，从奶奶那边拿来两块板，一块接近正方形，一块是长方形，妈妈留下了第二块，说："去谢谢奶奶。"

我跑到正屋，大声地喊："第一块不要啦，谢谢奶奶！"

我的奶奶送过我的、我唯一记得的东西，是一块隔热的木板，很认真地刨掉了毛刺。虽然它是一块用来隔绝热气的板。多有意思的寓意。

那是我关于平房里的家，最和平的记忆。

后记 ⧗
海尔－波普
还没有走远

我已经不再什么事都拜托星星了。

大概是1997年4月1日,海尔－波普彗星到达近日点。

　　全地球人都能在晴朗的夜晚清晰地看到它长长的尾巴,像铁臂阿童木不小心遗落了一只喷气喷射引擎。它急着赶路、屁股着火,却好像一直走不远,连续许多天都还挣扎在我外婆家阳台所向的那片夜空。

　　电视上说它上次到来是四千多年前,下次再来是两千多年后。

　　我虔诚地抬头看着它。小时候人刚刚有了"自我"这个概念，常常会将它无限放大，连仰头看星星时都会觉得自己就是被选中的孩子，海尔－波普是为我而来。

千里迢迢，为我而来。我在阳台小声地祈祷，你可要记得我哦，你要记得我哦。

可是它记得我做什么呢？海尔－波普温柔地没有作声。

大约2001年冬季的狮子座流星雨，我爸说谁看谁有病，我和我妈一起在凌晨两点的哈尔滨的刮大风的冷得要死的阳台上仰脖子看。流星几乎每十几秒就有一颗，和我后来看到的所有流星都不同——它们特别大，特别明亮，冲破大气层，好像要真诚地砸向你，伴着嘶啦啦的燃烧声。

全班只有我大半夜爬起来看了流星雨，炫耀的时候一个男同学说你就吹牛吧，你知道流星离你多远吗？你知道声音在大气中的传导速度吗？你知道一边看到流星一边听到声音是不可能的吗？气得我立刻回家拨号上网搜索"流星＋声音"，真的搜到几条所谓的科学未解之谜，还特意喷墨打印出来，到学校狠狠地甩在他脸上。他说你有病啊真的就真的呗你至于吗。

当然至于。

我妈冻得不行，回房间拿衣服的时候，我赶紧对着流星，双手合十许了三个愿望。

星星，你们可一定要记得。

我实在太爱对着星星许愿了。十几岁的我仿佛一个狂热的无线电发射器，执拗地朝广袤宇宙发射着单向电波。

我在文章里写过初中的一个叫小S的好友，我们常常一起翘课，放学了还有说不完的话，流连在隔壁职高的大看台上瞎侃。有天太阳刚落，天还没有黑透，我抬起头，在深蓝色天幕中看到了极细的一弯新月，旁边闪耀着无比明亮的金星。

"你知道吗，"我说，"日语有个词叫逢魔时刻，说的就是日夜交替的黄昏，是可以看得见妖怪的。这个时候许愿，特别灵。"

我从口袋里掏出一枚金色的五角硬币，说，我们来问一问，自己的理想会不会实现，正面是会，背面是不会。

小S一直对我的病态见怪不怪，她拒绝参与。我就自己转过身，双手合十，将硬币夹在掌心，对着弯月念叨了一些话，然后将硬币高高地抛起。

它滑过月亮和金星，清脆地落回到地上。我战战兢兢地跑过去，看到了硬币的正面。

"啊啊啊啊是正面！是正面！"

小Ｓ的白眼翻得比月亮都亮："你刚才扔硬币的姿势，再加上背后那月亮，一瞬间我以为你要变身了。"

我过滤了她的一切嘲讽，虔诚地捧着那一枚硬币，向遥远的夜空致谢。

还有更丢人的事。

我是一个看过狮子座流星雨的狮子座，曾经创立过信众只有一个人的"狮子座教"，每天写日记，向狮子座许愿，还取过一个网名，叫——"轩辕十四"。

轩辕十四，我们狮子座的一等星。

丢脸得有点写不下去了。

夏天我刚考上我们那里最好的高中，面对亲戚朋友的夸奖，谦虚地不断重复"哪里哪里，这有什么的"。终于自己一个人清静了，登上那时非常火爆的新浪聊天室，和一个就读于大连理工的陌生姐姐炫耀。

轩辕十四说："我刚中考完，考得特别好哦，不过也算意料之中。"

姐姐回复我说："轩辕小妹妹真厉害！"

我很感谢这个只和我说过几句话的陌生人。此后的人生里，我再也没有做过如此坦率的"轩辕小妹妹"。

后来，看星星渐渐变成了单纯的看星星，甚至可以用来骗姑娘。

高中时和一个好朋友翘了晚自习在外面散步，郊区的新校园繁星满天，我突然指着天空说："流星！"

她双手合十要许愿，我说："系鞋带！要边许愿边系鞋带！"

她急急忙忙蹲下，把鞋带解开又重系，搞定了才站起来，说："光顾着许愿了，都没看见流星。"

我说："放心，你看，它还等着你呢！"

好朋友抬头，愣了一会儿，一水壶砸在我脑袋上。

"我去你的，当老子没见过飞机是不是！"

2005 年冬天，又是狮子座流星雨。

高中住校，一个很酷的室友约了几个人，抱着被子说要午夜撬锁上楼顶看流星雨，喊我一起去。

"流星雨哦，许愿哦。毕竟明年就高考了，是神仙都拜一拜。"

我说不用了。那时候宿舍十点半熄灯断电，我开着应急灯，亮度调到最低，为了它能多撑一会儿。

我在做数学的"53"（《5 年高考 3 年模拟》）。

我已经不再什么事都拜托星星了。

2009 年冬天，狮子座流星雨，午夜两点，我和 L 穿着羽绒服加防风雨衣，拎着暖瓶，坐在静园草坪上泡奶茶喝，其他观星者都离我们很远，担心打扰 UFO 来接我们回母星。

我看到一颗。没许愿。L 没看到。她说："肯定是你仰头太久，颈椎血流不畅，出现幻觉了。"

随便吧，她说什么就是什么吧。

那一年，环绕地球的香飘飘奶茶多了两盒，这世界上的朋友少了一对。

2012 年，因为书卖得不错，也认识了一些影视公司的工作人员。某天下午，一个做企宣的小姑娘忽然给我打电话，说一个明星很喜欢我的书，正好下午在她们公司做采访，有没有空过来聊聊。

我那天原本不太舒服，但瞎了眼也能看出来，这是机会。我说："好啊，几点？在哪儿？"

去了之后却是漫长的等待。

明星在洗澡，明星在做造型，明星感到很抱歉但是请您再等一下好吗？

等待的那个酒店大厦高耸入云，我就站在接近顶层的云里，俯视着下面纵横交错的道路和缓慢移动的小黑点，心中一直在读秒。

下一秒，不，再等五秒钟就告诉她们，我要走了。

可是会不会显得自己脾气很大？来都来了。

来都来了。本来就是带着功利心的，矫情什么？

我读了很多很多秒，委婉地流露了很多次要走的意思，低到尘埃里的宣传人员赔着笑脸说："都说了您会来，怎么能走呢？您也给我们条活路，大家都不容易。"

圣母心给了虚荣心以借口，我说："那好，我配合你们工作。"

终于明星姗姗来迟，开开心心地接过我被要求带来的赠书，说："这书不好买，所以我朝她们要的，听说你也在这儿，正好一起见一下，谢谢呀！"

然后一转身就去录采访了。所有卑躬屈膝的宣传人员集体松了一口气，感激地看向我。

原来是要我。

我的书还算畅销，铺得大街小巷都是，明星助理随手就能买得到，恐怕只是宣传公司想借花献佛，让我等了一下午来博明星一笑。

但我没有发作。侮辱我的明明是我自己。

走出酒店的时候已经是晚上。上海繁华，不见星空，只见灯火。

2015 年的某个聚会，大家在江边，可能有点喝多了，一起抬头看星星。

我这些年的星空知识有了用武之地，为他们准确指认了仙后座、猎户座、小熊座、金星、木星……获得了大家的热烈掌声。

海尔－波普已经走了很多年。

我学过八年的大提琴成了谈资。

我爱过的星星碎成了虚荣。

我买得起一屋子的 A4 纸来圆儿时的绘画梦了，可我没才华。

2017 年初，我坐午夜航班。飞机飞入平流层，头顶再也没有云层遮蔽，机舱灯光还没亮。我把半个身子都趴在舷窗上，用手臂和帽子隔绝一切光线。

看星星。

漫天星斗，比机翼的夜灯都要明亮。即便舷窗的双层的塑料玻璃模糊，也无法抹去它们的光辉。

我就从小小的窗子里向外看。平日里资讯都是争抢着扑入我眼里，只有这时候，双眼努力睁大再睁大，视线扎入浓重的夜色，拨开玻璃的划痕阻隔，去追随和想象凛冽的风与璀璨的星空。

我爱了星星这么多年，这是我离它们最近的地方。

我捂着窗子看了不知道多久，直到客舱灯光亮起来。一转头，后座男子没来得及收回目光，惊诧和疑问还留在脸上，可能以为我中邪了。

我不好意思地跟他说，外面有星星，你把灯光挡住看看。

他一脸冷漠，点点头，没有照做。也是正常。我就尴尬地坐下了。

等我一回头，发现他也用外套蒙着头，趴在那里看。

被我发现，面上一丝羞赧。

我笑：星星多吧？

他也笑，点点头：可不咋的，老多了。

我不知怎么想起 2001 年的三个愿望。

世界和平，爸妈身体健康。

我成为很了不起的人。

隔壁班的男孩子会喜欢我。

前两个现在还无法验证，但第三个，切切实实地，实现了。

那个男孩子毫无预兆地跑来跟我说："听说你喜欢日本漫画，那你会画画吗？能不能给我画几张？"

我毫无准备，却打肿脸充胖子地说："没问题！"

期末考试期间，我挤出时间，奋不顾身，连画了十张大彩图，卷成筒郑重地送给他。

他打开，表情变幻莫测，堪称精彩，许久才说："……

好看！画得真好！"

很多年后，我上了大学，他来北京找我玩，大雨天我们一起困在半地下室的咖啡馆，看着雨落在高高的草丛里。

他那时候才敢问我——你是怎么有脸拿蜡笔画送给我的？

十四岁的我画了十张蜡笔画，比幼儿园小孩的绘画水平高不了多少；画的内容是《你好，旧时光》里面余周周讲过的乡下老鼠进城故事的雏形。

在我小时候，有首很著名的儿歌，第一句就是："有一只乡下老鼠要到城里去。"

回想起这几幅丢人的画，我有点气急败坏。我说，那你还要？

他没说话，笑了。

我怎么会把这些都忘记呢？星星有情有义，是我们太善变。

科学家说，2020 年之前，用望远镜或许还能看得见海尔－波普，它还没有离开太阳系。

而我却早已不再是那个坚信自己站在宇宙中心的小孩了。人类太渺小了，我的情绪、愿望、誓言、梦想，都是微弱到可以忽略不计的能量，连身边的人都未必能够完全感知，遑论传递给星星；即使能够抵达，也是在我死去很久很久之后了。

但我和我认识的每一个人，都仍然在努力地发出微弱的光，认真度过这对于宇宙来讲无比渺小的一生。

在我死去很久很久之后，轩辕十四还能看得到那个对着它虔诚信奉、立志不讲脏话的，十四岁的我。

它们应该会知道我的结局。

海尔－波普还没有走远。

（全书完）